TECKBRIEF
Name:
Bob Andrews
Alter:
10 J.
Adresse:
Rocky Beach
was ich mag:
Musik hören, ins Kino gehen,
in Büchereien stöbern, Cola
was ich nicht mag:
für Tante Mathilda aufräumen,
Spinnen
was ich mal werden will:
Reporter
und Detektiv
Kennzeichen:
BRIEF
Dieses Buch gehört:
Name:
Alter:
Adresse:

Die drei ???® Kids

Band 80

Gefährlicher Nebel

Erzählt von Ulf Blanck

Mit Illustrationen von Udo Smialkowski

KOSMOS

Umschlag- und Innenillustrationen von Udo Smialkowski, Berlin
Umschlaggestaltung: Walter Typografie und Grafik GmbH, Würzburg

»Gefährlicher Nebel« ist der 80. Band der Reihe
»Die drei ???® Kids«, siehe auch S. 129

Unser gesamtes lieferbares Programm und viele weitere Informationen zu unseren Büchern, Spielen, Experimentierkästen, DVDs, Autoren und Aktivitäten findest du unter **kosmos.de**

MIX
Papier aus verantwortungsvollen Quellen
FSC® C014138

Gedruckt auf chlorfrei gebleichtem Papier

ISBN: 978-3-440-16411-2
Lektorat: Anja Herre
Redaktion: Susanne Stegbauer
Produktion: DOPPELPUNKT, Stuttgart
Druck und Bindung: Finidr, s.r.o., Český Těšín
Printed in Czech Republic / Imprimé en République tchèque

Die drei ???® Kids
»Gefährlicher Nebel«

Käpt'n Rabraxus

»Justus Jonas, schlaf nicht ein auf deinem Fahrrad! Da ist meine Oma ja schneller«, lachte Peter und erhob sich aus dem Sattel.

»Wie witzig«, rief Justus zurück und schnappte nach Luft. »Deine Oma hat ja auch kein Rad mit einer kaputten Gangschaltung. Außerdem habe ich die schwere Kühlbox auf dem Gepäckträger.« Bob fuhr jetzt zwischen den beiden. »Hört auf zu streiten! Gleich geht es nur noch bergab, und bis zum Hafen braucht keiner mehr zu strampeln.«

Der alte Fischereihafen war das Ziel der drei Freunde. Wie so oft besorgten sie hier die wichtigste Zutat für Onkel Titus' selbst gemachte Fischstäbchen: fangfrische Fische, direkt aus dem Meer. Justus, Peter und Bob hoben die Füße von den Pedalen und sausten die kurvenreiche Straße zum Hafen hinunter. Schon von Weitem konnten sie das hungrige Kreischen der Möwen hören. Dicht gedrängt hockten diese auf den rostigen Giebeln der windschiefen Blechhütten. Hier bewahrten die Fischer ihre Netze, Tauwerk und Kisten auf.

Durchgeschwitzt stellte Justus wenig später sein Rad an der Kaimauer ab und nahm die Kühlbox vom Gepäckträger. »Los geht's! Onkel Titus hat gesagt, wir sollen zwei große Fische mitbringen. Ich denke, wir nehmen drei. Je mehr Fisch, desto mehr Fischstäbchen.« Bob stellte grinsend sein Rad daneben. »Außerdem sind wir auch drei.«

»Richtig«, lachte Peter. »Und zwar die drei ???.«

An diesem Morgen war es sehr warm, und obwohl sie sich direkt am Meer befanden, wehte nur ein schwacher Wind. Viel war nicht los im Hafen. Nur ein einziger Fischer hatte vorn am Holzsteg festgemacht und verkaufte seine Ware. In großen Plastikkisten lagen, mit Eis bedeckt, Fische in allen Größen und Formen. Der bärtige Mann nahm seine Pfeife aus dem Mund und winkte den dreien zu. »Kommt ran, Jungs! Hier gibt es die frischesten Fische zwischen Los Angeles und San Francisco. Eben noch im Meer – gleich bei euch in der Pfanne.« Justus stellte die Kühlbox auf den Steg. »Wir brauchen drei Stück für Fischstäbchen«, rief er dem Bärtigen entgegen. Dieser wühlte mit seinen großen Gummihandschuhen in einer der Plastikkisten herum. »Da empfehle ich euch eher Fischstäbchenfische«, grinste er. »Die sind viereckig und haben keinen Kopf, keinen Schwanz und keine Gräten. Praktisch, oder?« Dann lachte er so laut, dass einige Möwen vor Schreck aufflogen. Justus konnte nicht mitlachen. »Na, wer's glaubt ...«

Plötzlich wehte ihnen eine kühle Brise von den nahen Bergen entgegen. Bobs Brille beschlug. »Wieso wird es plötzlich so kalt?«, wunderte er sich und putzte die Gläser mit seinem T-Shirt. Um sie herum wurde es sonderbar ruhig. Selbst die Möwen unterbrachen ihr ewiges Kreischen. Irritiert sah sich Peter um. »Irgendetwas stimmt hier nicht«, sagte er mit leiser Stimme. Dann blickte er zum Meer hinaus. »He! Seht euch das an! Dieser gespenstische Nebel da draußen! Wie aus dem Nichts. Was passiert hier?« Dichte Nebelschwaden stiegen über dem Wasser auf und rollten wie eine weiße Wand auf sie zu. Gleichzeitig wurde es immer kälter und die Sonne verfinsterte sich. Der alte Fischer kraulte seinen Bart. »Beim Klabautermann«, brummte er. Seine Augen blitzten unruhig. »Es geht wieder los.« Peter trat ängstlich einen Schritt zurück. »Was geht wieder los?«

»Die alte Geschichte. Alle hundert Jahre. Die Rache des Käpt'n Rabraxus.«

Eiskalter Nebel

»Die Rache des Käpt'n Rabraxus?«, wiederholte Peter ungläubig. »Was hat das zu bedeuten?«

Der dichte Nebel hüllte mittlerweile die Hafeneinfahrt ein und verschluckte die ersten Fischerboote. »Das will ich dir sagen, mein Junge«, antwortete der alte Mann. »Es bedeutet, dass uns großes Unheil bevorsteht.« Die Nebelwand hatte sie jetzt fast erreicht. »Oh ja, großes Unheil.« Der Fischer riss die Augen auf und reckte die Hände zum Himmel. »Diese Geschichte kennt jeder Fischer hier. Vor vielen, vielen Jahren segelte Käpt'n Rabraxus des Nachts mit seinem Handelsschiff an dieser Küste entlang. Leuchtfeuer wiesen ihm den Weg und bewahrten den Dreimaster davor, an den spitzen Felsen und Riffen zu zerschellen.« Bob sah ihn mit großen Augen an. »Und dann?«

»Und dann geschah das, was nie hätte geschehen dürfen: Der Leuchtturmwärter vergaß, sein Feuer im Turm zu schüren. Der Mann schlief einfach ein. Ihr müsst wissen, früher gab es noch kein elektrisches Licht. Die Leuchtfeuer waren tatsächlich echte Feuer.«

Jetzt hatte die Nebelwand sie erreicht. Innerhalb von Sekunden konnten die drei ??? nicht die Hand vor Augen sehen. Schlagartig wurde es noch kälter. Die feuchte Luft ließ sie erschaudern. Nur die Stimme des alten Fischers vernahmen sie noch. »Ja, so hat es sich zugetragen. In der schwarzen und nebligen Nacht war Käpt'n Rabraxus blind wie ein Maulwurf und steuerte sein stolzes Schiff direkt auf die Felsen zu. Der starke Wind und die Wellen übernahmen den Rest: Das Schiff zerbarst und versank in den Fluten. Keiner der zwanzig Seeleute überlebte. Mit seinen letzten Worten verfluchte Käpt'n Rabraxus dieses Stück Küste. Von nun an sollten alle tausend Vollmonde die toten Seeleute aus dem Meer steigen und Rache üben. Rache für das, was man ihnen angetan hatte. Rache für das erloschene Leuchtfeuer. Und es scheint, als sei es heute wieder so weit.« Peter versuchte, im Nebel etwas zu erkennen, doch nur die rauchige Stimme des Fischers drang zu ihm durch. »Und … und was stellen die toten Seeleute an Land an?«, stotterte er. »Ich meine, wie rächen die sich?«

»Fürchterlich, mein Junge. Sie rächen sich fürchterlich. Zunächst spürt man nur ihre kalten Hände. Kalt wie der Tod.« Im selben Moment fühlte Peter, wie eine nasskalte Hand ihn am Arm packte. Er wollte laut aufschreien, doch seine Kehle war wie zugeschnürt. Da spürte er eine zweite Hand im Nacken. Peter zuckte zusammen und erstarrte. Im selben Moment wehte eine starke Windböe durch den Hafen und trieb den dichten Nebel fort. Endlich konnten die drei ??? um sich herum wieder etwas erkennen. Und auch das Rätsel der kalten Hände löste sich auf. Es war

der Fischer, der Peter mit seinen großen Gummihandschuhen gepackt hatte. Der Mann konnte sich kaum halten vor Lachen. »Beim Klabautermann! Du solltest dein Gesicht sehen.«

Peter war kreideweiß. »Das haben Sie sich alles bloß ausgedacht.«

»Nein, da stimmt jedes Wort, mein Junge. Oder seh ich aus wie ein Lügner?«

Justus stand neben den Plastikkisten und knetete seine Unterlippe, wie immer, wenn er scharf nachdachte. Plötzlich trat er einen Schritt vor. »Eine Frage hätte ich aber noch«, begann er mit ruhiger Stimme. »Woher weiß man eigentlich so viel über den Untergang? Immerhin sind alle, die auf dem Schiff waren, im Meer ertrunken. Einschließlich Käpt'n Rabraxus.« Der bärtige Mann steckte sich seine Pfeife in den Mund und sah Justus unwirsch an. »Na, du stellst Fragen. Ich bin Fischer, kein Detektiv.«

Justus hielt seinem Blick stand. »Und bei uns ist es genau umgekehrt.«

Eine zweite Windböe trieb den Rest des Nebels fort. Die ersten Sonnenstrahlen blitzten auf und die Möwen begannen wieder ihr kreischendes Konzert. Schließlich klopfte der Fischer Peter auf die Schulter. »Nichts für ungut. Ein bisschen Spaß muss sein. Wollt ihr jetzt Fisch kaufen oder mich nur von meiner Arbeit abhalten?«

Kurz darauf hatte Justus drei große Seelachse in der Kühlbox verstaut. Auf dem steilen Stück zur Küstenstraße schoben sie ihre Räder. An Peters Arm klebten immer noch Fischschuppen. »Ich habe wirklich gedacht, dass mich Käpt'n Rabraxus packt. Und wenn die Geschichte doch stimmt?« Bob tippte sich an die Stirn. »Quatsch! Jedes Wort war ganz sicher erstunken und erlogen.« Doch Peter war noch nicht überzeugt. »Und der Nebel? Der kam so plötzlich und wie aus dem Nichts. Unheimlich. Was sagst du dazu, Just?« Dieser mühte sich mit der schweren Kühlbox ab. »Wir versehen die ganze Sache am besten mit einem Fragezeichen. Für alles gibt es eine natürliche Erklärung.«

Geheimrezept

Kurze Zeit später erreichten die drei Freunde den Schrottplatz. Onkel Titus mochte es nicht, wenn man zu seinem Schrott einfach nur Schrott sagte. Für ihn waren das alles Wertstoffe. Deshalb hing ein großes Schild über dem Torbogen des Eingangs: *Titus Jonas Wertstoffhandel.*

Sie stellten ihre Räder ab. Onkel Titus erwartete sie bereits. »Da seid ihr ja endlich!«, rief er ihnen durchs Küchenfenster zu. »Ich hoffe, ihr habt einen guten Fang gemacht. Die Panade ist fertig und ich muss nur noch die Pfanne heiß machen.« In der Küche stand Onkel Titus am Herd und rührte in einer großen Schüssel. Dazu hatte er sich Tante Mathildas geblümte Schürze umgebunden. »Das Wichtigste für Fischstäbchen ist frischer Fisch und das Geheimrezept für meine Panade. Und nun zeigt mal, was ihr mir mitgebracht habt.« Anschließend zerteilte er die Fische mit einem scharfen Messer und legte die Stücke auf einen Teller. Bob war beeindruckt. »Jetzt sehen die Fische aus wie Bauklötze. Keine Glubschaugen mehr, keine Schuppen und keine Gräten. So mag ich Fisch.« Onkel Titus musste grinsen. »Richtig. Es kommt immer auf die Zubereitung an. In Würfelform schmeckt euch wahrscheinlich auch Schlange, Frosch oder Brokkoli.« Peter verzog das Gesicht. »Bäh, einen Frosch würde ich nicht mal essen, wenn er in Herzchenform wäre.«

Justus machte sich daran, eine Zitrone in Scheiben zu schneiden. »Sag mal, Onkel Titus: Gab es hier auch plötzlich so einen sonderbaren Nebel? Unten am Hafen konnte man plötzlich die Hand vor Augen nicht mehr sehen.«

»Nebel? Nein. Aber ein kalter Wind zog für kurze Zeit von den Bergen hinunter. Das kommt recht selten vor. Doch es kann schon sein, dass dieser kalte Wind am Meer den Nebel verursacht hat.«

»Wieso entsteht dann plötzlich Nebel?«, hakte Peter neugierig nach. Onkel Titus goss ein wenig Öl in die Pfanne. »Nun, es ist so: Die kalte und trockene Luft in den hohen Bergen senkt sich bei bestimmten Wetterlagen in die Tiefe. Man spricht von Fallwinden. Wenn diese kalte Luft auf die feuchte und warme Luft über dem Wasser trifft, dann entsteht Nebel. Ähnlich ist es, wenn man nach dem Duschen im Badezimmer das Fenster öffnet und kalte Luft dringt von außen hinein.« Bob nickte. »Stimmt. Da beschlagen sogar der Spiegel und meine Brille.«

»Genauso ist es. Doch jetzt ist genug mit dem Schulunterricht, denn meine Fischstäbchenproduktion startet!«

Angelockt vom Duft kam jetzt auch Tante Mathilda in die Küche. »Das riecht ja lecker hier. Von mir aus könntest du jeden Tag kochen, Titus. Das sind ganz sicher die besten Fischstäbchen der Welt.« Justus lief das Wasser im Mund zusammen. »Und zum Nachtisch gibt es deinen Kirschkuchen, Tante Mathilda. Der ist auch der beste der Welt.« Justus lebte bei seiner Tante und seinem Onkel, seitdem er fünf Jahre alt war. Seine Eltern waren damals bei einem Unfall ums Leben gekommen. Hier hatte er ein liebevolles neues Zuhause gefunden.

Kurz darauf saßen alle gemeinsam am Tisch auf der Veranda und Onkel Titus hob sein Glas mit Eistee. »Auf die besten Fischstäbchenfischer der Welt.«

Flohmarkt

Nach dem Essen lehnte sich Justus satt und zufrieden in seinem Korbstuhl zurück. »Ich glaube, das ist Rekord: zwölf Fischstäbchen und drei Stück Kirschkuchen.« Auch Bob war pappsatt. »Genau wie bei Peter und mir. Nur dass wir beide zusammen so viel gegessen haben.« Tante Mathilda sammelte die Teller ein. »Genug gegessen. Und beim nächsten Mal reichen auch zehn Fischstäbchen, Justus.« Onkel Titus nahm den letzten Schluck Eistee. »Wieso, der Junge muss doch noch wachsen.«

»Ja, ja. Aber nicht in die Breite.«

Justus' Interesse aber galt längst einer anderen Sache. Er schaute hinüber zu Onkel Titus' rotem Pick-up. Auf der Ladefläche schien etwas Großes unter einer Plane verstaut zu sein. »Was hast du da eigentlich eingekauft?«, fragte er neugierig. Tante Mathilda schien das auch zu interessieren. »Genau, Titus, das wollte ich dich auch schon die ganze Zeit fragen. Der Platz wird immer voller und voller und du schleppst laufend neue Sachen an. Hier platzt bald alles aus den Nähten. Ich bin froh, dass wir heute Nachmittag wieder unseren Flohmarkt veranstalten.«

Ihr Mann wischte sich mit einer Serviette den Mund sauber. »Ich war bei einer Versteigerung in einem Filmstudio. Kommt mit, seht euch an, was ich ergattert habe.« Tante Mathilda schüttelte den Kopf. »Ich will mir das erst gar nicht angucken. Das letzte Mal hast du aus Hollywood einen Affenkopf mitgebracht. Der war so groß wie eine Tischtennisplatte.«

»Richtig, Mathilda. Und den habe ich für gutes Geld an eine Geisterbahn verkauft. Der Affenkopf war die Kulisse aus dem Kinofilm *King Kong*. Jungs, dann kommt *ihr* wenigstens mit.«

Neugierig folgten sie Onkel Titus. Dieser löste einige Schlaufen am Pick-up und zog mit einem Ruck die große Plane zur Seite. Den drei ??? standen die Münder offen. Alles war vollgepackt mit den seltsamsten Filmkulissen: Teile eines Ufos, ein Vampirsarg, rostige Scheinwerfer, eine Alien-Figur, ein Mini-U-Boot, mehrere Hexenbesen und allerhand Kisten aus Holz und Aluminium. »Da staunt ihr, was? Das Studio ist pleitegegangen und alles, was man zu Geld machen konnte, wurde verkauft. Pech für die Leute, denn heute entstehen die meisten Filme am Computer und nicht mehr vor der Kamera.« Peter öffnete eine der Aluminiumkisten. »Das scheint alles technisches Zeug für den Filmdreh zu sein. Lampen, Stative und Mikrofone. Und das große Ding dort mit dem Propeller ist eine Windmaschine. Die funktioniert sogar ohne Stromkabel mit einem Akku.« Peter kannte sich damit gut aus, denn sein Vater arbeitete selbst beim Film. Er war zuständig für Spezialeffekte. Onkel Titus rieb sich die Hände. »Na, sicher werde ich auf unserem Flohmarkt heute Nachmittag ganz schnell Abnehmer dafür finden. Wenn ihr wollt, könnt ihr euch ein paar Dollar dazuverdienen und mir beim Abladen helfen. Das Ganze muss auf den großen Klapptischen fein säuberlich aufgebaut werden.« Justus hob den Daumen. »Klar, da sind wir dabei. Die Ferien fangen an und wir können das Geld gut gebrauchen.«

Die nächsten zwei Stunden verbrachten sie damit, den Flohmarktstand herzurichten. Neben der neuen Ware aus Hollywood schleppte Onkel Titus einiges aus dem Schuppen mit seinem Lieblingsschrott heran: alte Radios, Kuckucksuhren, seltene Radkappen, einen kaputten Kaugummiautomaten, ein Elchgeweih und Kisten mit Silberbesteck. Stolz hielt er einen silbernen Löffel hoch. »Mit diesem Löffel wurde Kaiser Napoleon als Baby gefüttert.« Justus nahm ihm den Löffel aus der Hand. »Napoleon? Kannst du das beweisen?«

»Ach was«, knurrte sein Onkel. »Wer will schon etwas beweisen. Die Sachen sind doch nicht das, was sie sind, sondern das, was über sie erzählt wird. Basta!«

Gute Geschäfte

Kaum waren sie fertig, trafen schon die ersten Kunden auf dem Schrottplatzgelände ein. Es hatte sich in Rocky Beach herumgesprochen, dass es auf dem Flohmarkt stets Spannendes zu entdecken gab. Ein dicker Mann mit Glatze kaufte sogleich das Elchgeweih. Gut gelaunt legte Onkel Titus einen Fünfzigdollarschein in eine blaue Blechkiste, die er als Kasse nutzte. »Das fängt ja gut an. Gute Kunden, gute Laune. Heute wird die Kasse klingeln.« Sein Gefühl trog ihn nicht, denn immer mehr Leute kamen auf den Schrottplatz.

Auf der Veranda machte Tante Mathilda ebenfalls ein gutes Geschäft und verkaufte große Stücke Kirschkuchen.

Peter zeigte auf einen Mann in einem bunten Hawaiihemd. »Ist das nicht unser Kommissar Reynolds?« Bob kniff die Augen zusammen. »Stimmt, ohne seine Uniform hätte ich ihn kaum erkannt.« Auch der Kommissar schien die drei Freunde entdeckt zu haben. »Ah, meine geheime Spezialeinheit«, rief er ihnen zu. »Schön, euch zu sehen.« Justus hielt sich den Zeigefinger an die Lippen. »Wir freuen uns auch. Und wenn Sie etwas leiser sprechen, dann bleibt unsere geheime Spezialeinheit auch geheim.«

Die drei ??? hatten dem Kommissar schon des Öfteren bei komplizierten Fällen geholfen. Und so kam es, dass sie von Reynolds zur geheimen Spezialeinheit ernannt worden waren. Zum Glück hatte niemand auf dem Schrottplatz ihr Gespräch mitbekommen. Zu laut war die Musik, die aus einem alten Radio über den Platz schallte. Der Kommissar tupfte sich mit einem Taschentuch den Schweiß von der Stirn. »Ich bin froh, dass ich gerade Urlaub habe. Ihr könnt euch gar nicht vorstellen, welche Hitze in meinem Büro herrscht. Da kleben die schwitzigen Finger an der Schreibmaschine fest.« Justus führte ihn zu den langen Klapptischen. »Haben Sie sich denn schon etwas ausgesucht, Kommissar Reynolds?«

Der Polizist wühlte in einer Kiste mit rostigem Besteck und alten Blechteilen. Plötzlich hielt er einen Sheriffstern in der Hand. »Na, das ist doch was für mich«, strahlte er und steckte den Stern sogleich an sein Hawaiihemd. »Der stammt aus dem neunzehnten Jahrhundert. Solche Sterne trugen früher die Polizeibeamten. Seht mal, er hat sieben Zacken. Die stehen für: Charakter, Integrität, Wissen, Ehre, Höflichkeit, Loyalität und Urteilsvermögen. Ja, das waren Zeiten damals im Wilden Westen. Da mussten die Sheriffs nicht stundenlang im Büro sitzen und Berichte schreiben.«

Kommissar Reynolds zahlte zehn Dollar und Onkel Titus ließ den Schein in seiner blauen Kasse verschwinden. Auch weiterhin liefen seine Geschäfte ausgezeichnet. Selbst für den kaputten Kaugummiautomaten fand sich ein Käufer. Nur für die Dinge aus dem Filmstudio schien sich kaum jemand zu interessieren. Kurzerhand schnappte sich Bob einen der Hexenbesen und hüpfte damit vor dem Verkaufsstand hin und her. »Jetzt heißt es schnell zugreifen«, rief er laut und alle sahen ihn an. »Wer drei Hexenbesen kauft, bekommt einen umsonst. Einfach aufsteigen, abheben und eine Runde fliegen.« Der Mann mit der Glatze tippte sich an die Stirn. »Ein echter Hexenbesen also. Und wieso fliegst du damit nicht selbst?« Bob grinste ihn an. »Weil ich nicht den richtigen Zauberspruch weiß. Den bekommt man erst, wenn man den Besen kauft. Altes Hexengesetz.«

Doch seine Verkaufsveranstaltung schien zu wirken, denn plötzlich stand Mr Porter neben ihm. Jeder in Rocky Beach kannte den cleveren Kaufmann. Er war der Besitzer von *Porters Gemischtwarenladen* auf dem Marktplatz. Hier gab es alles zu kaufen. Von der Kneifzange bis zur Fliegenklatsche. »Auf dem Flohmarkt gibt's ja bald mehr

Sachen als in meinem Geschäft«, lachte er und schnappte sich einen der Hexenbesen. »Fliegen wird man mit dem nicht können, aber was ist das für ein komisches Ding mit dem großen Propeller?« Peter drängte sich jetzt dazwischen. »Das ist eine Windmaschine, die beim Film genutzt wird. Von der leichten Brise bis zum Orkan ist alles möglich. Funktioniert sogar mit Akku.« Dann schaltete er das Gerät ein und richtete den Windstrom auf Mr Porter. Diesem flog sofort sein leichter Sommerhut vom Kopf. »Oh, nicht schlecht. Das bringt eine angenehme Abkühlung. Ich denke, ich könnte den Apparat in meinem Laden gebrauchen. Ohne Klimaanlage wird es dort nämlich ganz schön heiß und die Kunden schwitzen mehr, als dass sie kaufen. Was kostet das Ding?« Dies war der Auftritt von Onkel Titus. »Hallo, Mr Porter. Die Windmaschine können Sie für hundert Dollar haben.« Der clevere Geschäftsmann setzte seinen Hut wieder auf und ließ einen Schein in der Hand knistern. »Hundert Dollar, sagen Sie? Nun, die sollen Sie haben. Doch dafür hätte ich gern noch einen der Besen und ein Stück Kirschkuchen gratis dazu. Mengenrabatt, wenn Sie verstehen.« Onkel Titus grinste ihn an. »Na gut, Sie alter Knauser. Das Geschäft ist gemacht. Von Ihnen kann selbst ich noch etwas lernen.«

Mr Porter reichte ihm die Hand. »Richtig, denn teuer einkaufen kann jeder. Die Windmaschine nehme ich gleich mit und stelle sie noch heute in meinem Laden auf. Ich glaube, wir haben den heißesten Tag des Jahres erwischt.«

Mit dem Hundertdollarschein hatte Onkel Titus mittlerweile eine beträchtliche Summe in seiner blauen Kasse angehäuft. »Herrlich. Wenn's so weitergeht, dann kann ich mir bald einen Anhänger für meinen Pick-up leisten.«

»Oder eine neue Waschmaschine«, rief Tante Mathilda von der Veranda. »Die macht schon seit Tagen merkwürdige Geräusche. Ich fürchte, sie gibt bald ihren Geist auf.«

Eingenebelt

Plötzlich zogen Nebelschwaden über den Schrottplatz. Zunächst schien es niemand zu bemerken. Doch als der Nebel dichter wurde, zeigten die Ersten verwundert auf den weißen Dunst. Peter zuckte zusammen. »Geht das schon wieder los? Aber ich spüre gar keine kalte Luft. Keinen Fallwind aus den Bergen.« Mittlerweile war die große Toreinfahrt schon nicht mehr zu sehen. Der Mann mit der Glatze schnappte sich sein Elchgeweih. »Brennt es hier etwa?«, rief er und atmete tief durch die Nase ein. Doch es roch nicht nach Rauch, sondern eher leicht süßlich nach Erdbeere. Immer mehr Nebel quoll auf den Schrottplatz und schließlich sah man die Hand vor Augen nicht. Bob putzte seine Brille, doch es half nichts. »Oh Mann, wie am Hafen. Und wenn an der Geschichte von Käpt'n Rabraxus doch etwas dran ist?« Justus stand direkt neben ihm. »Nein, so einen Unsinn gibt es nicht. Alles hat eine natürliche Ursache.«

Zum Glück war der Spuk schnell vorbei und ein warmer Windstoß löste die Nebelwolken auf.

Nachdenklich blinzelte Justus in die Sonne, die wie zuvor am blauen Himmel strahlte. »Die Sache ist wirklich sehr, sehr merkwürdig«, murmelte er.

Der unheimliche Nebel hatte anscheinend auch die Besucher des Flohmarkts irritiert, und die ersten machten sich auf den Heimweg. Onkel Titus begann, den übrigen Trödel in große Kisten zu packen. Plötzlich stieß er einen entsetzten Schrei aus: »Oh nein! Das darf doch nicht wahr sein! Meine Kasse ist weg.« Justus rannte zu ihm. »Die Kasse ist verschwunden?«

»Wenn ich es doch sage. Die stand die ganze Zeit hier auf dem langen Klapptisch.« Bob warf einen Blick in die großen Kisten. »Vielleicht haben Sie die Kasse aus Versehen eingepackt?«

»Nein, so verkalkt bin ich noch nicht. Jemand muss meine Kasse gestohlen haben.« Dies war das Stichwort für Kommissar Reynolds. »Gestohlen?«, rief er und kam näher. »Ich habe zwar Urlaub, aber ein guter Polizist ist immer im Einsatz. Wann haben Sie die Kasse zuletzt gesehen, Mr Jonas?«

Onkel Titus dachte kurz nach. »Als Mr Porter seine Einkäufe bezahlt hat. Da war sie noch da.« Justus knetete wieder seine Unterlippe. »Und kurz danach bildete sich dieser seltsame Nebel. Womöglich hat der Dieb das ausgenutzt, um unbehelligt die Kasse zu stehlen.« Kommissar Reynolds nickte. »Gut möglich. Gelegenheit macht Diebe. Leider kommen viele Personen als Verdächtige infrage. Der Flohmarkt war schließlich gut besucht.« Bob verfolgte den Gedanken weiter. »Stimmt, und die meisten sind bald gegangen, nachdem der Nebel sich verzogen hatte. Der Dieb ist mit der Kasse garantiert auf und davon.« Onkel Titus raufte sich die Haare und trat wütend gegen eine der Kisten. »Das darf doch nicht wahr sein! Da rackern wir uns den ganzen Tag ab und so ein gemeiner Dieb klaut mir die Kasse. Kommissar Reynolds, ich möchte Strafanzeige erstatten.« Der Kommissar hatte mittlerweile den alten Sheriffstern wieder abgenommen. »Gut, das erledigen wir auf der Polizeiwache. Urlaub hin oder her. Ihr drei kommt auch mit. Schließlich seid ihr Zeugen.«

Kurze Zeit später standen sie vor dem Polizeirevier von Rocky Beach. Auf dem Marktplatz war noch jede Menge los, denn viele wollten ihre Einkäufe fürs Wochenende erledigen. Vor dem Geschäft von Mr Porter hatte sich sogar eine kleine Schlange gebildet. Peter musste grinsen. »Kein Wunder, dass es da so voll ist. Guckt euch das Schild über dem Eingang an. *Zwanzig Prozent auf alles.*« Bob rückte seine Brille zurecht und sah genauer hin. »Stimmt. Aber darunter steht in kleinen Buchstaben noch mehr: *Außer auf Tiernahrung, Elektroartikel, Zeitschriften, Lebensmittel, Küchengeräte, Spielzeug, Bücher und bereits reduzierte Ware.* Viel bleibt da nicht mehr übrig.«

Im Büro des Kommissars war es drückend heiß und Reynolds schaltete einen Deckenventilator ein. »Seit Jahren versprechen die mir, dass ich eine Klimaanlage bekomme. Aber bis zu meiner Pension wird das wohl nichts mehr.« Dann nahm er ein Formular und legte es in seine uralte Schreibmaschine ein. »So, dann wollen wir den Fall einmal in aller Ruhe aufrollen. Zunächst brauche ich von allen Zeugen und Geschädigten Namen, Anschrift und Geburtsdatum. Polizeiarbeit ist Schreibarbeit.« Die nächste halbe Stunde sahen sie zu, wie der Kommissar Buchstabe für Buchstabe in seine Schreibmaschine hackte.

Anschließend mussten die drei ??? als Zeugen ihre Beobachtungen schildern. »Viel haben wir leider nicht gesehen«, begann Peter. »Es geschah ja alles im Nebel.« Der Kommissar schrieb auch diese Aussage in seinen Bericht. »Gut, das haben wir. Mr Jonas, jetzt benötige ich von Ihnen noch Anga-

ben über die Schadenssumme und einige andere Informationen.« Dieser fächelte sich mit der Hand Wind zu. »Ja, das mache ich. Aber die drei Jungs brauchen Sie doch nicht mehr, oder? Die bekommen sonst noch einen Hitzschlag.«

»Nein, ich habe ja die Aussagen. Ihr drei könnt gehen. Ansonsten melde ich mich noch mal.«

»Sehr gut«, antwortete Onkel Titus und zog sein Portemonnaie aus der Hosentasche. »Hier habt ihr für eure Hilfe je drei Dollar. Holt euch dafür ein Eis bei Giovanni. Es wird sich schon alles regeln. Wir treffen uns dann gleich auf dem Marktplatz.«

Stadt in Angst

Die drei Freunde waren froh, als sie kurz darauf wieder frische Luft atmen konnten. Der Marktplatz war immer noch recht belebt und im Brunnen plätscherte munter Wasser aus der Feuerwehrspritze von Fred Fireman. Die Bronzefigur war vor vielen Jahren zu Ehren des heldenhaften Feuerwehrmannes in der Mitte des Brunnens aufgestellt worden. Fred Fireman hatte damals Rocky Beach vor einem verheerenden Brand bewahrt.

Peter betrachtete die drei Dollar in seiner Hand. »Ich habe ein richtig schlechtes Gewissen, dass wir das Geld von deinem Onkel angenommen haben, Just. Nach all dem, was ihm heute passiert ist.«

»Wir müssen nur ein schlechtes Gewissen haben, wenn wir den Fall nicht lösen«, antwortete Justus. »Und das wird nicht passieren, denn bisher haben wir noch jeden Fall gelöst.« Peter steckte das Geld in seine Hosentasche. »Das stimmt. Aber diesmal haben wir nichts, was uns weiterhelfen könnte. Nur einen Haufen Verdächtiger. Was meinst du, Bob?«

»Ich meine, wir sollten das bei einem leckeren Eis besprechen«, grinste dieser. »Los, wir gehen zu Giovanni.«

Giovannis Eiscafé befand sich direkt neben der Polizeiwache. Auch hier herrschte bei der Hitze Hochbetrieb und fast alle Tische des Cafés waren besetzt. »Buongiorno, bambini«, begrüßte sie Giovanni. »Was darfe ich euche in die Waffel drücken?« Bob begann. »Also, für mich einen Banananensplit, wie immer.« Justus bestellte wie gewohnt fünf Kugeln Zitrone mit doppelter Sahne und schließlich legte auch Peter sein Geld auf den Tresen. »Für mich natürlich einen Rocky Beach Spezial. Vanille, Erdbeer und Blaubeer. Weiß, rot, blau.«

Im Schatten eines Sonnenschirms saßen sie kurz darauf am letzten freien Cafétisch. Bob nahm den langen Eislöffel und stopfte sich eine Riesenportion in den Mund. Peter bekam eine blaue Zunge von seinem Eis. Für einen kurzen

Moment waren die Geschehnisse auf dem Flohmarkt aus ihren Köpfen verschwunden.

Doch plötzlich tauchte wie aus dem Nichts um sie herum weißer Nebel auf. Peter ließ vor Schreck seinen Löffel fallen. »Oh nein. Geht das schon wieder los?«

Hinter dem Eistresen stand Giovanni und schüttelte den Kopf. »Mamma mia! Was isse das? Nebliger Nebel bei bellissima schöne Wetter?« Auch die anderen Gäste des Cafés sahen sich verwundert um.

»Komm schnell zu Frauchen«, rief eine ältere Dame erschrocken und nahm ihren kleinen Hund auf den Schoß. Sie hielt sich die Hand vor den Mund. »Das sind bestimmt giftige Autoabgase.« Wie auf dem Schrottplatz hüllte die Nebelwand innerhalb von Sekunden alles ein. Man hörte nur noch vereinzelt aufgeregte Stimmen und das Plätschern des nahen Brunnens. Doch auch diesmal wurde der Nebel kurz darauf vom warmen Wind davongetragen. Justus sah sich nervös um. »Freunde«, flüsterte er. »Hier ist was faul. Prägt euch alles ein, was ihr seht. Ich habe das ungute Gefühl, dass die Diebe erneut zugeschlagen haben.«

Die Antwort ließ nicht lange auf sich warten, denn in diesem Moment schrie die ältere Dame so laut auf, dass der kleine Hund entsetzt von ihrem Schoß sprang. »Hilfe! Hilfe! Man hat mich beklaut«, kreischte sie. »Meine rote Handtasche ist weg. Eben hing sie noch an meinem Stuhl.«

Doch die Frau war nicht die Einzige, die anscheinend bestohlen worden war. Ein junger Mann sprang auf und fuchtelte mit den Armen. »Und mir fehlt mein neues goldenes Handy! Hier auf dem Tisch lag es. Neben der Zeitung. Wo bleibt die Polizei, wenn man sie braucht?« Plötzlich öffnete sich im ersten Stock des Polizeireviers ein Fenster und der Kopf von Kommissar Reynolds schob sich heraus. »Was ist denn das für ein Geschrei hier?«, rief er. »So kann ich keinen Bericht anfertigen.«

Bob lief unter das Fenster. »Kommissar Reynolds, ich fürchte, Sie müssen noch mehr Berichte schreiben. Es haben schon wieder Diebe zugeschlagen.« Der Kommissar schüttelte den Kopf. »Das darf doch alles nicht wahr sein. Kaum habe ich Urlaub, da bricht in meiner Stadt das blanke Chaos aus. Und das alles kurz vor meiner Pensionierung. Aber gut: Bleiben Sie allesamt an Ort und Stelle! Ich komme sofort.«

Der Kommissar trug zwar noch immer sein buntes Hawaiihemd, aber jetzt hatte er seine Dienstmütze aufgesetzt. Schwitzend stand er an Giovannis Tresen. Auch Onkel Titus war ihm aus dem

Polizeirevier gefolgt. Dann berichtete Justus, was sich zugetragen hatte.

»Wirklich unglaublich«, stöhnte anschließend der Kommissar. »Hinterhältige Gauner schlagen zu, wenn sich Nebel bildet. Wie ich schon sagte: Gelegenheit macht Diebe.« Justus sah sich um. Von dem Nebel war nichts mehr zu sehen. »Womöglich ist es auch umgekehrt«, sagte er leise. »Vielleicht schaffen Diebe Gelegenheiten?«

Der Kommissar ließ sich von Giovanni ein Glas Wasser bringen. »Äh, wie meinst du das, Justus?«

»Ich meine das so, wie ich es sagte. Es ist doch so: Zufällig taucht dieser Nebel auf. Zufällig wird in dem Moment etwas gestohlen. Und zufällig gleich zweimal hintereinander. Für meinen Geschmack sind das zu viele Zufälle.«

Der Kommissar trank das Glas in einem Zug leer. »Gut, lassen wir das einmal so stehen. Jetzt beginnt die Schreibarbeit. Ich brauche von allen hier sämtliche Daten: Namen, Adresse, Telefonnummer. Von euch dreien und von Ihnen, Mr Jonas, natürlich nicht. Sie können gehen.« Giovanni schenkte sich jetzt auch ein Glas Wasser ein. »Mamma mia! Und das alles in meine schöne, kleine Eiscafé.«

Im Gänsemarsch folgten die Gäste aus dem Eiscafé Kommissar Reynolds ins Polizeirevier.

»Das alles wird nicht viel bringen«, seufzte Onkel Titus. »Niemand hat bei dem Nebel etwas gesehen. Da kann Reynolds so viele Namen und Telefonnummern aufschreiben, wie er will. Ich fürchte, dieser Fall wird niemals aufgeklärt.« Justus sah das entschieden anders. »Nein, denn jeder

Dieb macht irgendeinen Fehler. Und sei dieser auch noch so klein.«

Kurze Zeit später rollte der Pick-up wieder auf den Schrottplatz. Es war bereits spät am Abend und die Sonne sank dem Horizont entgegen. Die wenigen kleinen Wolken am Himmel färbten sich glutrot. Justus verabschiedete seine beiden Freunde am Eingangstor. »Wir treffen uns dann morgen früh um neun Uhr in der Kaffeekanne. Wir haben viele Fragen, und die passenden Antworten dazu werden wir finden.«

Auf der Veranda hatte Tante Mathilda bereits den Abendbrottisch gedeckt. Hungrig setzten sich

Justus und Onkel Titus auf ihre Stühle. »Konnte euch Kommissar Reynolds weiterhelfen?«, fragte Justus' Tante. Justus schüttelte den Kopf. »Leider nicht. Es gibt bisher keinen Hinweis auf die oder den Täter.« Onkel Titus schnitt sich eine Scheibe Brot ab. »Ja, leider. Ich fürchte, das ganze Geld mitsamt der Kasse ist weg. Der Flohmarkt war ein großer Reinfall. Die nächste Zeit müssen wir noch mehr sparen.« Tante Mathilda gab ihrem Mann einen Kuss auf die Stirn. »Na und? Das sind wir doch gewöhnt. Bisher sind wir auch mit wenig Geld zurechtgekommen. Und meine alte Waschmaschine wird sicherlich noch ein paar Tage durchhalten.«

Obwohl so viel Schlechtes an diesem Tag geschehen war, ging Justus glücklich ins Bett. Er war froh, dass er diese wundervolle Familie hatte.

Lagebesprechung

Am nächsten Morgen wurde Justus durch lautes Klopfen an der Tür geweckt. »Aufstehen, du Schlafmütze«, hörte er Tante Mathildas Stimme. »Du wolltest doch schon um acht Uhr zum Frühstück runterkommen. Gleich ist es neun.« Erschrocken riss Justus seine Augen auf und blickte zum Wecker. In knapp zehn Minuten sollte er beim Treffpunkt in der Kaffeekanne sein. Hektisch riss er seine Bettdecke zur Seite, sprang in seine Klamotten und polterte die Treppe hinunter. Fast hätte er dabei Tante Mathilda umgerannt. »Justus, was ist los mit dir? Es sind doch Ferien.« Dieser schnappte sich ein trockenes Brötchen aus der Küche. »Keine Zeit. Ich habe mich mit Peter und Bob verabredet.«

»Zeit hin oder her«, schimpfte Tante Mathilda. »Du hast ja nicht einmal die Zähne geputzt. So gehst du mir nicht aus dem Haus.« Genervt rannte Justus ins Badezimmer und kam mit einer Zahnbürste im Mund zurück. »Iff putsche mir die Schäh-

ne auf fem Wesch«, nuschelte er unverständlich und sprang auf sein Fahrrad.

Sein Ziel war das Geheimversteck der drei ???. Die Kaffeekanne lag etwas außerhalb von Rocky Beach abseits der langen Küstenstraße. Eigentlich war es ein ausrangierter Wassertank für die alten Dampflokomotiven. Diesen hatten sich die Freunde umgebaut. Er bot Platz für drei Personen und einige Regale. Hier lagerte alles, was die Detektive für ihre Ermittlungen brauchten: mehrere Lupen, Taschenlampen, ein Mikroskop und natürlich Fingerabdruckpulver. Die Kaffeekanne konnte man von der Küstenstraße aus nicht sehen, denn sie war eingewachsen und damit gut versteckt zwischen Bäumen und Sträuchern. Peter und Bob warteten schon fast eine Viertelstunde auf Justus.

»Da bist du ja endlich!«, rief ihm Peter entgegen. Justus war von der Fahrt durchgeschwitzt und stellte sein Rad ab. »Tut mir leid, aber ich habe verschlafen. Mein Wecker hat nicht geklingelt.«

»Weil du ihn nicht gehört hast?«, fragte Bob nach.

»Nein, weil ich vergessen habe, ihn zu stellen.« Justus wäre nie auf die Idee gekommen, seine beiden Freunde anzulügen. Anschließend kletterten alle drei die rostigen Eisenstufen zur Kaffeekanne hinauf. Durch eine kleine Klappe gelangte man ins Innere und Justus setzte sich auf eine alte Apfelsinenkiste. »Okay, hiermit ist die Sitzung der drei ??? eröffnet. Gibt es neue Erkenntnisse?«

Peter ergriff das Wort. »Ich habe meinen Vater gefragt, woher dieser Nebel kommen könnte. Ihr wisst ja, sein Fachgebiet sind Spezialeffekte.«

»Und was hat er gesagt?«, fragte Bob neugierig.

»Er war sich sicher, dass es sich um Kunstnebel handeln muss. Dieser wird oft im Film eingesetzt und dafür gibt es spezielle Nebelmaschinen.« Justus biss in das Brötchen, das er sich aus der Küche mitgenommen hatte. »Das könnte natürlich eine Erklärung sein. Denn der Nebel war ganz anders als der am Hafen.«

»Und er roch süßlich«, ergänzte Bob. Peter nickte. »Bei Nebelmaschinen wird eine bestimmte Flüssigkeit verwendet. Dazu wird am Filmset oft zum Spaß auch ein Duftstoff beigemischt. Vanille, Limone oder eben halt auch Erdbeere. Auf jeden Fall haben wir eine erste Spur.«

»Und zwar eine sehr gute«, sprach Justus mit vollem Mund. »Die Diebe müssen sich mit so etwas auskennen. In Rocky Beach wüsste ich niemanden, der so eine Nebelmaschine hat. Wozu auch.« Peter fuhr fort. »Das dachte ich auch, Just. Die Spur führt dahin, wo Nebelmaschinen zum Einsatz kommen: beim Film.« Bob mischte sich jetzt ein. »Das ist gut möglich, aber Hollywood ist riesig. Wie sollen wir da weiterkommen?« Doch Peter schien schon eine Idee zu haben. »Mein Vater meinte, dass es nicht viele Filmstudios gebe, die über so große Nebelmaschinen verfügen. Immerhin muss der Nebel im Freien erzeugt werden. Und das Beste: Er nimmt uns heute mit nach Hollywood! Vielleicht kriegen wir dort ein paar hilfreiche Hinweise.« Justus klopfte seinem Freund auf die Schulter. »Peter, das hast du großartig gemacht. Endlich haben wir eine Spur. Auf nach Hollywood!«

HOLLYWOOD

Als Treffpunkt hatte Peter mit seinem Vater die kleine Tankstelle an der Küstenstraße ausgemacht. Als sie auf ihren Fahrrädern dort eintrafen, wartete Mr Shaw schon auf sie. »Ihr seid spät!«, rief er ihnen entgegen. »Noch eine Minute und ich wäre allein losgefahren. Ich habe einen wichtigen Termin. Beeilung, alles einsteigen.«

Die drei ??? schlossen ihre Räder zusammen und drängten sich in den kleinen Sportwagen von Peters Vater. Bob bekam auf dem Rücksitz kaum noch Luft. »Just, mach dich nicht so breit! Ich werde hier fast zerquetscht.« Dieser versuchte sich anzuschnallen. »Ich kann aus mir nun mal nicht die Luft rauslassen wie bei einem Fußball.«

Mr Shaw startete den Wagen. »Das ist wirklich eine seltsame Geschichte mit dem Nebel. Die halbe Stadt spricht darüber. Als mir Peter gestern Abend davon berichtete, konnte ich es kaum glauben.« Justus hatte es inzwischen geschafft, sich anzuschnallen. »Ist es denn wirklich möglich, mit einer Maschine so viel Nebel entstehen zu lassen?«

»Beim Film ist alles möglich. Wir können einen ganzen Straßenzug im Kunstschnee versinken lassen. Und das mitten im Sommer. Regen, Wind, Blitz und Donner – das sind die Standardaufgaben von uns Filmspezialisten. Wir lassen Häuser explodieren, Autos über Flüsse fliegen oder Hubschrauber ins Meer stürzen. Das, was im Film passiert, ist meistens nur eine große Illusion.« Peter saß vorn und hatte mehr Platz. »Und dann gibt es noch die ganzen Stunt-Leute. Die müssen immer ran, wenn es für die Schauspieler zu gefährlich wird. Zum Beispiel durchs Feuer laufen oder von Hochhäusern springen. Vielleicht will ich das später auch einmal werden.« Bob beugte sich zu ihm nach vorn. »Bist du sicher, dass das der richtige Beruf für dich ist, Peter? Da muss man ganz schön mutig sein.«

»Mit Mut hat es nur wenig zu tun. Das oberste Gebot bei solchen Stunts ist die Sicherheit. Ich habe da schon ein paar Mal zugeschaut. Alles wird bis ins kleinste Detail durchgeplant und nur ganz selten läuft etwas schief.« Bob lehnte sich wieder zurück. »Für mich wäre das nichts. Außerdem finde ich es ungerecht, dass am Ende immer nur der Schauspieler gefeiert wird und die Stunt-Leute niemals berühmt werden.«

»Berühmt zu sein ist manchmal ganz schön anstrengend«, warf jetzt Peters Vater ein. »Solche Schauspieler können eigentlich gar kein normales Leben führen. Überall werden sie angesprochen, um Autogramme zu geben, oder die Fans wollen Fotos mit ihnen machen.« Bob versuchte, sich das vorzustellen. »Also, ich fände das gar nicht so schlecht. Im Kino bekommt man die besten Plätze, in Restaurants gibt's die dicksten Portionen und im Vergnügungspark muss man sich nicht in die Schlange stellen.«

Nach einer Dreiviertelstunde erreichten sie die Stadtgrenze von Los Angeles und Peters Vater zeigte auf eine Bergkette abseits der Straße. »Dort drüben erkennt ihr die berühmten neun Buchstaben: HOLLYWOOD. Die größte Traumfabrik der Welt.« Der Verkehr wurde immer dichter und schon bald standen sie im Stau. Justus blickte aus dem Fenster. »Hier irgendwo hat Onkel Titus die Sachen aus dem kürzlich pleitegegangenen Filmstudio ersteigert. Kennen Sie dieses Studio zufällig, Mr Shaw?«

»Ja, leider. Das Pacific Studio. Und es ist nicht das einzige Studio, welches in finanziellen Schwierigkeiten steckt. Immer mehr Filmtricks werden von Spezialisten am Computer erschaffen. Da gibt es kein echtes Feuer mehr und keine echten Stunts. Das Studio, für das ich arbeite, hat bisher noch Glück gehabt.« Justus konzentrierte sich jetzt wieder auf den Fall. »Wie kann man sich eigentlich so eine Nebelmaschine vorstellen?«

»Nun, das hängt ganz davon ab, was man damit vorhat. Für Szenen in Häusern oder im Theater reichen kleinere Nebelmaschinen. Die sind etwa so groß wie ein Koffer und man kann sie bequem tragen. Wenn man aber zum Beispiel einen ganzen Marktplatz einnebeln möchte, dann genügt so ein handliches Gerät natürlich nicht. Da braucht man schon größere Apparate. Diese werden auf einem Anhänger oder im Lieferwagen transportiert. Ganz billig sind sie nicht, und in Hollywood gibt es nur wenige Exemplare dieser Größe. Doch auch die sind bald überflüssig, denn Nebel kann man auch wunderbar mit dem Computer auf die Leinwand zaubern.«

Sie hatten mittlerweile eines der großen Studiogelände erreicht und Peters Vater lenkte den Sportwagen durch das breite Eingangstor. »Okay, wir sind gleich da. Ihr müsst euch das hier vorstellen wie eine kleine Stadt. Es gibt zahlreiche Unternehmen, die nur für die Filmindustrie arbeiten. Hinter jeder der vielen Blechhallen befindet sich eine andere Spezialfirma. Es geht um Filmtechnik, Kulissenbau, Masken und Kostüme, Licht und Musik. Aber man findet hier auch viele Restaurants und Bars.«

Big Movie Studios
RB-SH 1

»Und dort trifft man auch auf Hollywood-Stars?«, hakte Bob interessiert nach.

»Nun ja, wenn man Glück hat. Aber manche von denen würdet ihr ungeschminkt gar nicht erkennen. So, ich lasse euch an dem Kreisel dort vorn raus und um fünfzehn Uhr treffen wir uns wieder hier. Jetzt muss ich schnell zur Besprechung. Viel Erfolg bei euren Nachforschungen und passt gut auf euch auf. Bis später.«

Bob war froh, dass er endlich aus dem engen Wagen aussteigen konnte. »Schnell raus hier!«, stöhnte er. »Nun weiß ich, wie sich eine Ölsardine in der Blechbüchse fühlen muss. Mir sind fast die Füße eingeschlafen.«

Alte Zeiten

Als Mr Shaw mit quietschenden Reifen davonfuhr, winkte ihm Peter hinterher. »Ab jetzt sind wir auf uns allein gestellt. Wie geht es nun weiter?« Justus knetete nachdenklich seine Unterlippe. »Wir müssen mit den wenigen Informationen arbeiten, die wir haben. Zumindest wissen wir, dass es sich um eine sehr große und teure Nebelmaschine handeln muss. Und zum Glück gibt es davon nicht sehr viele.« Peter sah sich um und sein Blick fiel auf eine riesige Blechhalle. Über dem Eingang hing ein großes Schild: *Filmtechnik An- und Verkauf.* »Vielleicht sollten wir dort mit unseren Recherchen beginnen? In dem Geschäft wird man sich mit Nebelmaschinen auskennen. Was denkst du, Just?«

»Gute Idee, Peter. Irgendwo müssen wir ja anfangen. Und ich habe auch schon eine Idee, wie wir die Befragung anstellen. Lasst mich nur machen.«

Die drei ??? betraten das Geschäft durch die offen stehende Schiebetür. In der Halle war es noch heißer als draußen. Im schummrigen Licht blickten sie auf hohe Regalreihen, die vollgestellt waren mit Kameras, Stativen, Scheinwerfern und unzähligen Kisten und Kartons. Hinter einem langen Tresen stand ein hagerer Mann in einem roten Overall. Er war dabei, einen Berg von Stromkabeln zu entwirren. Als er die drei bemerkte, wischte er seine dreckigen Hände am Overall sauber. »Guten Tag, Jungs. Was kann ich für euch tun?«

Justus holte tief Luft und ging entschlossen auf den Tresen zu. »Mein Onkel schickt uns. Wir sollen ein paar Einkäufe erledigen. Vielleicht kennen Sie ihn: Titus Jonas aus Rocky Beach.« Der Mann sah ihn freundlich an und reichte Justus die Hand. »Titus Jonas? Na, klar kenne ich ihn. Er hat doch diesen Schrottplatz am Stadtrand?«

»Wertstoffhandel«, verbesserte Justus. »Ja, genau der ist es.«

»Stimmt, auf die Bezeichnung legt Titus immer viel Wert. Mein Name ist Steve Gilmore. Wie kann ich euch helfen?« Justus warf einen Blick auf die vielen Regale. »Mein Onkel interessiert sich neuerdings für Filmtechnik. Scheinwerfer, Schneekanonen oder auch Nebelmaschinen.« Steve Gilmores Gesicht erstrahlte. »Endlich einmal jemand, der den Wert dieser alten Sachen zu schätzen weiß.

Mittlerweile arbeiten die beim Film ja nur noch mit Computern. Lange wird es nicht mehr dauern und dann schaffen sie auch noch die Schauspieler ab. Und das ist kein Witz. Tja, meine Regale sind voll mit dem Zeug. Leider wird mir mehr davon angeboten, als ich verkaufen kann. Sucht dein Onkel denn etwas Bestimmtes?«

Justus kniff die Augen zusammen. »Ja, das tut er in der Tat. Ein Kunde von ihm braucht unbedingt eine große Nebelmaschine. Er ist Besitzer einer Geisterbahn.«

Justus war sehr erfinderisch, wenn es darauf ankam.

Steve Gilmore kratzte sich am Kinn. »Eine große Nebelmaschine, sagst du? Na, klar habe ich so etwas. Und nicht irgendeine, es ist die beste und größte, die je gebaut wurde. Die Fogger 3000. Damit kann man in wenigen Sekunden einen ganzen Flugplatz einnebeln. Erinnert ihr euch an den Kinofilm *Panik im Himmel*? Da musste ein Flugzeug notlanden. Das war noch gute alte Film-Action.

Zwanzig Stunt-Männer, vier Kamerakräne und jede Menge Rauch und Nebel. Da hat die Fogger 3000 ganze Arbeit geleistet.«

Bob mischte sich jetzt ein. »Lief der Film denn im Kino?« Steve Gilmore nickte versonnen. »Ja, 1983. Ihr seht, das ist schon alles eine ganze Weile her. Kommt mit, ich zeige euch die Maschine.« Der Mann im roten Overall schob den Berg Kabel beiseite und führte die drei ??? durch die große Halle. Beeindruckt betrachteten sie die hohen Regale, in denen sich alles zu stapeln schien, was man für einen Film gebrauchen konnte. »Da staunt ihr, oder?«, grinste Steve Gilmore. »In vierzig Jahren hat sich einiges bei mir angesammelt. Ich muss leider zugeben, dass ich bei vielen Kisten absolut nicht weiß, was drinsteckt.« Ganz am Ende der Halle standen die größeren Maschinen. Peter entdeckte, verstaubt in einer Ecke, einen mannshohen Roboter aus Metall. Dieser sah Furcht einflößend aus; der Kopf erinnerte an einen Totenschädel. »Funktioniert der noch?«, fragte er interessiert.

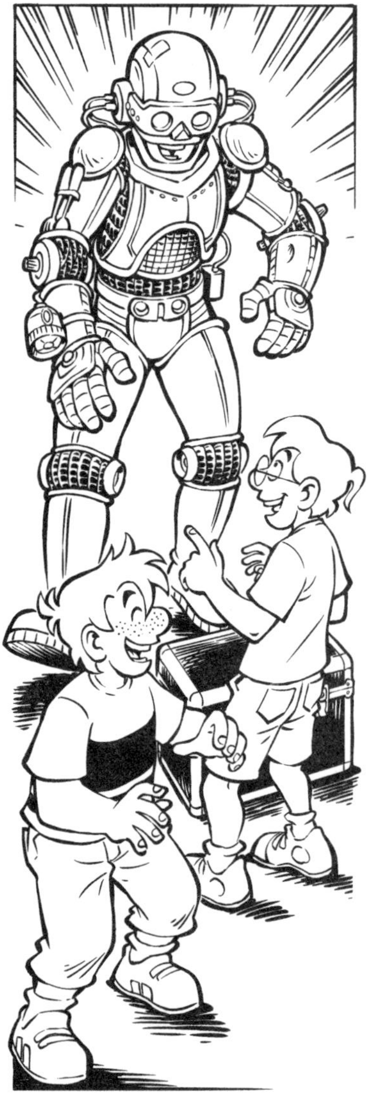

Steve Gilmore ging zu dem Roboter und betätigte einen kleinen Schalter. Plötzlich begann es in den Augenhöhlen des Schädels rot zu leuchten. »Aber natürlich funktioniert der. Nur ist es kein echter Roboter.« Mit diesen Worten öffnete er den hinteren Teil des Metallmannes. »Sieh dir das mal an! In den Roboter muss ein echter Mensch einsteigen, um dann das Ding zu bewegen wie eine Puppe. Willst du es einmal probieren?« Peter war begeistert. »Na klar!«

Ohne zu zögern, schob Peter sich in die enge Form des Roboters und Steve Gilmore klappte den hinteren Teil der Figur wieder zu. Dann hob Peter in abgehackten Bewegungen die Roboterarme.

»Ihr Menschen werdet jetzt alle von mir pulverisiert!«, sprach er mit verstellter Stimme und musste dabei fast lachen. Mit langsamen Schritten kam er auf Justus und Bob zu. »Meine Gammastrahlenkanone verwandelt euch in einen Eimer Schleim.« Hinter der Robotermaske konnte Peter nicht allzu viel erkennen. So übersah er eine kleine Holzkiste, die vor ihm stand. Er kam ins Stolpern, versuchte noch, sich zu fangen, doch schlug dann hart auf dem Boden auf. Scheppernd lösten sich die Blechteile ab und verteilten sich in der Halle. Hektisch rappelte er sich auf und befreite sich aus dem Roboter. »Es tut mir wirklich leid, Mr Gilmore. Ich hab die Kiste nicht gesehen. Kann man den Roboter wieder reparieren?«

»Ach was. Mach dir darüber keinen Kopf. Das alte Ding hätte mir sowieso keiner mehr abgekauft. Wen sollte man damit heutzutage noch im Kino erschrecken? Hier, die Schulterstücke des Roboters sind zum Beispiel aus alten Suppenkellen gebaut worden. Ihr müsst wissen, damals hat man für den Film alles Mögliche verwendet. Ich erinnere mich an ein Raumschiff, da hat man die Kommandobrücke aus gebrauchten Küchenmaschinen gebastelt. Alles wurde einfach mit Silberfarbe angesprüht und neu zusammengesetzt. Schöne Zeiten waren das. Aber genug geredet: Hier steht eure Fogger 3000!«

Fogger 3000

Die Nebelmaschine war etwa so groß wie ein Kühlschrank und stand auf Rollen. Man sah viele Schläuche und Armaturen. Steve Gilmore goss aus einem großen Kanister eine grünliche Flüssigkeit in die Maschine. »Das ist das sogenannte Nebelfluid«, erklärte er. »In der Maschine wird die Flüssigkeit verdampft und der ungefährliche Nebel entsteht. Achtung, ich schalte jetzt das Gerät ein.«

Der Mann in dem roten Overall drückte einen Schalter und das Gerät begann leise zu brummen. Sekunden später zischte aus mehreren Öffnungen dichter Nebel heraus. Justus zuckte zusammen. »Wisst ihr was? Ich glaube, ich erinnere mich an dieses Zischen. Es war auf dem Schrottplatz und auch bei Giovannis Eiscafé zu hören.« Bob nickte. »Stimmt, jetzt erinnere ich mich auch.« Weiter kamen sie nicht mit ihren Gedanken, denn inzwischen war alles komplett eingehüllt. Wie zuvor konnten sie nicht die Hand vor Augen erkennen.

»Das ist mal eine Suppe, was?«, vernahmen sie die Stimme von Steve Gilmore. »Nichts nebelt besser als die Fogger 3000. Aber ich glaube, das reicht. Ich schalte die Maschine ab.« Kurz darauf war das Zischen nicht mehr zu hören, doch der dichte Dampf erfüllte die ganze Halle.

»Keine Angst, Jungs, ich werde dem Spuk ein Ende bereiten.« Wieder vernahmen sie das Klicken eines Schalters. Doch diesmal war anstatt des leisen Zischens ein lauter Motor zu hören. Ein plötzlicher Windstoß wehte Bob fast die Brille von der Nase. In kürzester Zeit verschwand der dichte Nebel durch die breite Schiebetür. Steve Gilmore zeigte auf einen weiteren Apparat und brüllte gegen den Lärm an. »Das ist eine Windmaschine. Darf an keinem Filmset fehlen. Die macht Wind bis Sturmstärke fünf. Das hier ist nur halbe Kraft.« Wieder betätigte er einen Knopf, und der große Propeller der Windmaschine lief langsam aus. »Kommen wir zum Geschäft«, sagte jetzt Steve Gilmore und wandte sich an Justus. »Wäre die Nebelmaschine etwas für deinen Onkel?« Dieser hatte fast vergessen, welche Lüge er dem Mann aufgetischt hatte, und zuckte zusammen. »Äh, ich denke schon. Mein Onkel wird sich bestimmt in den nächsten Tagen bei Ihnen melden.«

»Das soll er, mein Junge. Ich werde ihm auch einen guten Preis machen, das kannst du ihm schon mal sagen.«

Als sie sich gerade verabschieden wollten, fiel Justus eine Tür auf. Das Blech um das Schloss herum war verbeult, als hätte man es von außen aufgehebelt. »Wurde bei Ihnen eingebrochen?«, fragte er neugierig. Mr Gilmore nickte. »Ja, leider. In der letzten Woche. Ich war im Urlaub und meine Vertretung hat alles mit der Polizei geregelt. Ich bin seit heute Morgen erst wieder hier und es gibt mehr als genug zu tun. Darum weiß ich gar nicht, wie der aktuelle Stand der Ermittlungen ist.« Peter betrachtete die Tür. Das kaputte Schloss war notdürftig geflickt. »Und haben die Einbrecher etwas gestohlen?«

»Ja, mehrere Kameras, die Portokasse hinter dem Tresen, ein paar Scheinwerfer und leider auch eine Fogger 3000. Ich hatte nämlich zwei von diesen Nebelmaschinen.« Justus' Augen leuchteten auf. »Danke, Mr Gilmore. Sie haben uns sehr geholfen. Dürfen wir einmal Ihr Telefon benutzen?«

»Ja, klar. Es steht vorn auf dem Tresen. Das haben die Diebe zum Glück nicht mitgehen lassen. Ich räume nur noch schnell die Roboterteile zusammen und komme gleich nach.«

Mit schnellen Schritten ging Justus durch die Halle und seine beiden Freunde folgten ihm. »Just, nun sag schon! Wen willst du anrufen?«, fragte ihn Bob mit gedämpfter Stimme. Justus hatte jetzt den Tresen erreicht und nahm den Telefonhörer in die Hand. »Wir haben endlich eine heiße Spur!«, sagte er leise. »Denn für mich ist die Sache klar: Einbrecher haben bei Mr Gilmore die Nebelmaschine geklaut. Und als sie die ausprobierten, müssen die Gauner auf die Idee gekommen sein: Erst wurde damit alles eingequalmt und im Schutz des

Nebels konnten sie in aller Ruhe die Diebstähle begehen. Erst auf dem Schrottplatz, dann bei Giovanni. Ich werde jetzt Kommissar Reynolds anrufen und ihm von unserer Vermutung berichten.«
Der Kommissar hatte den drei Detektiven eine Telefonnummer gegeben, unter der sie ihn fast jederzeit direkt erreichen konnten. Justus schaltete auf Lautsprecher.

»Ja, hier Reynolds am Apparat. Wer ist da?«

Justus sprach immer noch leise. »Hier ist Justus Jonas. Mit Bob und Peter.«

»Aha, meine geheime Spezialeinheit. Habt ihr neue Informationen für mich?«

»Ja, die haben wir.« Dann berichtete Justus, was sie alles herausgefunden hatten. Doch anschließend wurden sie von Kommissar Reynolds enttäuscht.

»Jungs, das klingt alles logisch. Nur leider hat eure Theorie einen Haken. Die Einbrecher in Hollywood können nichts mit den Diebstählen hier in Rocky Beach zu tun haben.«

»Und warum nicht?«, mischte sich jetzt Bob ein.

»Weil man die vor zwei Tagen geschnappt hat. Sie sitzen seitdem in Los Angeles im Gefängnis.« Justus ließ den Kopf hängen. »Dann haben wir womöglich eine falsche Fährte verfolgt. Wer im Gefängnis sitzt, hat ein gutes Alibi.«

»Das kann man wohl sagen«, bestätigte der Kommissar. »Und die Geschichte geht weiter, denn heute Vormittag haben die Nebelgangster schon wieder zugeschlagen. Und zwar in Topanga Beach und wenig später in Santa Barbara. Alles bei uns um die Ecke. Der Tathergang war immer der gleiche: Erst entstand dieser unheimliche Nebel, dann wurden Wertgegenstände entwendet. Beide Male geschah es in Cafés am Strand.«

»Und was gedenken Sie zu tun?«

»Gar nichts. Genau jetzt beginnt endlich mein Urlaub. Ich gehe angeln und fahre aufs Meer raus. Herrlich! Den Fall habe ich an die Kollegen in Los Angeles abgegeben. Doch ich danke euch für die Informationen. Drückt mir die Daumen, dass ich ein paar fette Fische fange.«

Nebliger Auftrag

Enttäuscht legte Justus den Hörer wieder auf. »Reynolds sollte lieber daran denken, wie er die Gauner fängt. Unsere einzige Spur ist leider im Sande verlaufen.« Plötzlich klingelte das Telefon und die drei zuckten zusammen. Im selben Moment kam Steve Gilmore zurück und nahm den Hörer ab. Das Telefon war immer noch auf Lautsprecher geschaltet. »Filmtechnik An- und Verkauf. Gilmore am Apparat.« Eine weibliche Stimme meldete sich am anderen Ende der Leitung. »Hier spricht Jenny Lincoln von den Enterprise Studios. Wir benötigen eine größere Menge Nebelfluid. Haben Sie davon zehn Kanister auf Lager?« Gilmores Augen leuchteten auf. »Natürlich habe ich so viel auf Lager. Sie können auch noch mehr haben. Beste Qualität und geruchsneutral. Scheint so, als würden Sie einen größeren Film drehen?« Die Frau am Telefon zögerte kurz. »Ja, äh, einen richtig großen Film.«

»Sehr gut. Und wie heißt er? Oder ist der Filmtitel noch geheim?«

»Geheim? Nein, er … überhaupt nicht. Er heißt *Gefährlicher Nebel.* Genau, so heißt er, *Gefährlicher Nebel.*«

Steve Gilmore musste lachen. »Dann kann ich mir auch vorstellen, dass Sie so viel Nebelfluid benötigen. Ich habe mit den Enterprise Studios noch nie Geschäfte gemacht und brauche einmal Ihre Lieferadresse. Wenn es passt, kann ich Ihnen die zehn Kanister direkt vorbeibringen. Ich weiß ja, dass beim Film alles schnell gehen muss.«

»Ja, das wäre sehr gut. Das Enterprise Studio befindet sich in der Hitchcock Street 68.«

»Perfekt, Mrs Lincoln. Das liegt ja ganz in der Nähe. In zehn Minuten bin ich bei Ihnen.«

Steve Gilmore kritzelte schnell etwas auf einen Zettel und reichte anschließend den drei ??? die Hand. »Schön, euch kennengelernt zu haben. Doch jetzt muss ich leider los. Das Geschäft ruft – zum Glück. Grüßt mir Titus Jonas.«

Kurz darauf standen die drei Freunde wieder draußen vor der Halle. Bob klatschte in die Hände. »Besser geht's nicht. Eben noch war unsere Spur eiskalt, jetzt ist sie heiß wie Feuer. Ich kann mir sehr gut vorstellen, wozu die bei den Enterprise Studios so viel Nebelfluid brauchen.«

»Richtig«, fuhr Peter fort. »Damit wollen die Nebelgangster garantiert weitere Diebstähle begehen. Ihr habt ja gesehen, wie viel Nebel bei den Diebstählen entsteht. Dafür wird man sicher einiges von dem grünen Zeug benötigen, und das kann man bestimmt nicht so einfach im Supermarkt kaufen.«

Justus beobachtete, wie Steve Gilmore einen rostigen Transporter mit großen Kanistern belud. Wieder knetete er seine Unterlippe. »Das wäre unsere Chance, auf direktem Wege zu den Nebelgangstern zu kommen.« Peter verzog sein Gesicht. »Willst du Gilmore fragen, ob er uns mitnimmt? Da musst du dir aber eine gute Geschichte einfallen lassen.« Doch Justus hatte anscheinend etwas ganz anderes im Sinn. »Egal was mir da einfällt, er würde mir das nie glauben. Los, die Gelegenheit ist günstig! Gilmore hat die letzten Kanister eingeladen und die Heckklappe vom Transporter ist noch auf. Jetzt schließt er die Halle ab und wird gleich zurückkommen. Kommt mit! Wir schleichen uns in den Transporter und verstecken uns hinter den Kanistern.« Mit diesen Worten rannte Justus los, und Peter und Bob hatten keine Chance, etwas zu erwidern. Erst folgte ihm Bob, dann kam nach einigem Zögern auch Peter hinterher. Dicht gedrängt hockten sie wenige Sekunden später hinter den großen Kanistern im Lieferwagen. Es war im letzten Moment, denn jetzt knallte Steve Gilmore mit Schwung die Heckklappe zu. Plötzlich war es stockdunkel. Nur durch kleine Rostlöcher im Blech drang etwas Licht ins Innere. Peter klopfte das Herz bis zum Hals. »Oh nein! Ich muss verrückt gewesen sein, euch hinterher zu laufen. Was ist, wenn wir erwischt werden?«

»Wir dürfen uns eben nicht erwischen lassen«,

antwortete Justus. Kurz darauf wurde der Motor gestartet und der Transporter setzte sich in Bewegung. Bob blickte durch eines der vielen Rostlöcher nach draußen. »Wir fahren jetzt durch den Kreisel, an dem uns Peters Vater rausgelassen hat. Haltet euch gut fest, gleich kommt eine scharfe Kurve.« In dem Lieferwagen klapperte alles laut und die großen Kanister rutschten hin und her. Peter saß neben Justus und versuchte, sich an die Dunkelheit zu gewöhnen. »Ich hoffe, Mr Gilmore nimmt es uns nicht übel, dass du ihn so angelogen hast, Just. Was sollte dein Onkel schon mit einer Nebelmaschine anfangen?«

»Für mich war das keine Lüge«, antwortete Justus. »Das war eine taktische Maßnahme, um mehr Informationen zu erlangen. Ich will, dass wir den Fall lösen. Schließlich haben die Gauner auf dem Schrottplatz sehr viel Geld gestohlen.«

Ein paar Minuten lang ging es fast nur geradeaus und Bob prägte sich den Weg ein, so gut es ging. »Hier steht eine Blechhalle neben der nächsten. Das Studiogelände ist wirklich riesig. Da! Ein Straßenschild! Wir biegen in die Hitchcock Street ein.«

Rattenalarm

Der Transporter verringerte sein Tempo und stoppte schließlich vor einer windschiefen Halle. Bob spähte immer noch durch den kleinen Riss. »Nummer 68. Wir stehen direkt vor dem Enterprise Studio.« Auch Justus und Peter suchten sich jetzt ein kleines Guckloch in der rostigen Blechwand des Transporters. Nun konnten sie erkennen, was draußen vor sich ging. Als Mr Gilmore aus dem Wagen stieg, kam eine junge Frau auf ihn zu.

»Sie müssen Jenny Lincoln sein«, begrüßte er sie freundlich. »Ich bringe Ihnen die Lieferung mit dem Nebelfluid.« Die Frau trug eine riesige Sonnenbrille und nickte nur kurz. »Vielen Dank. Stellen Sie bitte die Kanister unter das kleine

Vordach.« Steve Gilmore betrachtete die heruntergekommene Halle. »Und hier wird der Kinofilm *Gefährlicher Nebel* gedreht?« Die Frau wirkte etwas nervös. »Wie? Ja, genau. Was bin ich Ihnen schuldig?«

»Ich bekomme genau 250 Dollar. Die Anlieferung ist umsonst.« Hektisch griff die Frau in ihre Handtasche und überreichte Steve Gilmore einige Banknoten. Justus ballte die Faust. »Das ist bestimmt das Geld von Onkel Titus, das in der Kasse lag. Ich wette, die Frau heißt niemals Jenny Lincoln und ein Film wird garantiert auch nicht gedreht.« Peter wurde immer nervöser. »Ich mach mir viel mehr Gedanken, wie wir hier unbemerkt wieder rauskommen.« Steve Gilmore steckte das Geld ein und verabschiedete sich von der Frau. Eilig versteckten sich die drei Freunde hinter den großen Kanistern. Im selben Moment wurde die Heckklappe geöffnet. Dann griff sich Gilmore zwei Kanister und schleppte sie zum Vordach. »Mann, sind die Dinger schwer«, stöhnte er. »Hätte ich bloß eine

Sackkarre mitgenommen.« Justus packte seine beiden Freunde an den Schultern. »Los! Das ist unsere Chance. Schnell, raus aus dem Wagen!« Sofort sprangen die drei in geduckter Haltung aus dem Transporter und versteckten sich hinter einem großen Müllcontainer. Peter atmete erleichtert auf. »Auf die Sekunde. Gilmore kommt zurück und holt die nächsten Kanister.«

Wenig später fuhr der Mann fort, und nur noch eine kleine Staubwolke war zu sehen.

»Just, wie geht's jetzt weiter?«, flüsterte Bob.

»Wir müssen in Erfahrung bringen, wer alles dahintersteckt. Die Frau hat bestimmt Komplizen.« In diesem Moment öffnete sich an der Halle eine große Schiebetür und zwei kräftige Männer traten heraus. Sie sahen sich kurz um, dann schleppten beide die schweren Kanister in das Studio. Als sie wieder verschwunden waren, traute sich Justus aus dem Versteck. »Kommt mit! Hier gibt es bestimmt noch einen Seiteneingang.« Erneut folgten ihm Peter und Bob ohne Widerrede. Sie ahnten, dass Justus nicht aufzuhalten war. Und Justus hatte recht: Am anderen Ende der Halle gab es tatsächlich eine kleine Holztür. Bob drückte die Klinke. »Glück gehabt, die ist offen.« Peter kaute an seinen Fingernägeln. »Ob das Glück ist, wird sich noch herausstellen«, flüsterte er.

Hinter der Tür führte ein schmaler Gang direkt in die große Halle. Alle Wände waren schwarz angemalt und an der Decke hingen unzählige Scheinwerfer. Doch man konnte schnell erkennen, dass hier schon lange kein Film mehr gedreht worden war. Alles war staubig und an den vielen Metallgerüsten hatte sich Rost gebildet. Es war fast dunkel in der Halle und die drei Detektive schlichen vorwärts. Plötzlich hörten sie Stimmen und an der Decke flackerten Neonröhren auf. »Achtung«, zischte Peter. »Wir verstecken uns hinter dem Stapel Holzpaletten dort hinten.«

Hektisch rannten sie los und gingen hinter dem Stapel in Deckung. Von hier aus konnten sie alles gut überblicken. Nicht weit von ihnen entfernt stand mitten in der Halle ein weißer Lieferwagen. Er war genauso alt und rostig wie der von Steve Gilmore und hatte hinten verspiegelte Seitenscheiben. An vielen Stellen waren Aufkleber angebracht, die wie Kameras aussahen. Die beiden Männer waren damit beschäftigt, die großen Kanister einzuladen.

»Jetzt kann es weitergehen«, hörten sie einen von ihnen sagen. Er trug eine abgewetzte Baseballkappe. »Mit dem Zeug können wir noch einige Nebelaktionen durchziehen, Chris.« Der andere Mann hatte einen Vollbart und war an den Armen tätowiert. »Das werden wir, Larry. Das werden wir. Zum Glück ist unsere Schwester eine gute Schauspielerin. Der Verkäufertyp hat nichts gemerkt.« Jetzt kam auch die Frau dazu. Ihre große Sonnenbrille hatte sie abgesetzt. »Ich hoffe, dieser Gilmore ist nicht misstrauisch geworden. Der hat mich immer so seltsam angeguckt.« Der Tätowierte klopfte ihr auf die Schulter. »Mach dir darüber keinen Kopf, Victoria. Wir lassen heute noch ein

paar Mal den Nebel steigen und verschwinden dann sowieso aus Hollywood. Dieses Drecksloch kann mich mal. Unser Studio ist pleite, keine Aufträge sind in Sicht. Aber nun wird unsere Fogger 3000 uns reich machen.«

Justus drehte sich zu seinen beiden Freunden um. »Jetzt ist der Fall klar«, flüsterte er aufgeregt. »Chris, Larry und diese Victoria sind Geschwister und anscheinend mit ihrem Filmstudio pleitegegangen. Wie so viele hier.« Peter nickte. »Ja, und nun beklauen sie die Leute mit ihrem Nebelmaschinentrick. Echt gemein. Jetzt haben wir endlich alle Informationen und können zur Polizei gehen.«

Plötzlich spürte Peter an seinem Fußknöchel etwas Weiches, das sich bewegte. Erschrocken schrie er auf. »Ah, eine Ratte!«

Sofort rissen die beiden Männer ihre Köpfe herum. »Was war das, Chris?«, rief der Tätowierte.

»Keine Ahnung. Aber es kam von dem Palettenstapel dort drüben. Los, Larry, das sehen wir uns an.«

Ängstlich kauerten sich die drei ??? zusammen. Die Ratte war verschwunden und Peter war kreideweiß im Gesicht. »Tut mir leid, Freunde«, krächzte er heiser. »Ich habe nur gesehen, dass sich was bewegt hat, und bin erschrocken. Bei dem Riesenvieh hatte ich mich nicht mehr unter Kontrolle.«

Justus legte ihm die Hand auf die Schulter. »Mach dir keine Vorwürfe. Wäre mir genauso passiert.«

Die drei saßen in der Falle. Chris und Larry gingen mit langsamen Schritten um den Palettenstapel herum. Dann entdeckten sie Justus, Peter und Bob. »Wo kommen die denn plötzlich her?«, rief der Mann mit der Kappe. »Ich glaube, wir haben hier ungebetene Gäste. Raus mit der Sprache! Wer seid ihr und was wollt ihr hier?« Justus stand auf und versuchte, sich herauszureden. »Es tut uns wirklich leid. Wir haben uns auf dem riesigen Studiogelände verlaufen. Können Sie uns sagen, wie man hier wieder rauskommt?« Der Bärtige packte Justus am Ohr. »Willst du uns für dumm verkaufen,

Bengel? Ihr hockt doch hier schon die ganze Zeit. Seid ein paar ganz Neugierige, wie? Habt ihr keine Hausaufgaben zu machen?« Jetzt kam auch die Frau dazu. »Chris, Larry! Verschwendet keine Zeit mit denen. Die haben garantiert alles mitbekommen. Wir müssen sie jetzt irgendwie loswerden.« Ihr Bruder mit der Baseballkappe schüttelte den Kopf. »Solche Gören kann man leider nicht loswerden. Wir müssen sie mitnehmen, einsperren und so lange im Auge behalten, bis wir die letzte, richtig große Aktion durchgezogen haben. Los, mitkommen! Wir machen eine kleine Reise ...«

Santa Monica

Justus, Peter und Bob wurden von den beiden Männern unsanft gepackt und in den weißen Lieferwagen gezerrt. »Da bleibt ihr schön drin und macht uns keinen Ärger!«, knurrte der Bärtige. »Wenn ihr brav und artig seid, dann habt ihr es in ein paar Stunden hinter euch und wir lassen euch wieder laufen.« Der Mann mit der Kappe kam dazu. »Wir sollten auf Nummer sicher gehen, Chris. Solche Gören können ganz schön nerven. Hier: Fessle ihre Hände mit dem Klebeband!«

»Ja, mach ich, Larry. Das gute alte Klebeband. Darf an keinem Filmset fehlen. Das hält besser als jede Handschelle. Los, Hände zusammenhalten!«

Die drei ??? hatten keine andere Wahl und mussten den Anweisungen Folge leisten. Einem nach dem anderen wurden mit dem Klebeband die Handgelenke gefesselt. Hilflos kauerten die drei nun auf dem Boden des Lieferwagens. Um sie herum standen die Kanister mit der grünen Flüssigkeit, und an der Wand stand die Fogger 3000. Dann wurde mit Wucht die Hecktür zugeschlagen. Zum Glück trat etwas Licht durch die verspiegelten Seitenfenster. Durch diese konnte man zwar von innen hinausgucken, aber von außen nicht hinein. Bob bemühte sich vergebens, sich von dem Klebeband zu befreien. »So ein Mist! Das Zeug ist ja wirklich stabiler als jede Handschelle. Wo sind wir hier nur hineingeraten?« Peter war genauso verzweifelt. »Und wie kommen wir hier wieder raus? Mit den Typen ist nicht zu spaßen. Wären wir bloß nicht mit meinem Vater nach Hollywood gefahren.« Justus versuchte aufzustehen und schob sich mit dem Rücken an der Blechwand hoch. »Ja, vielleicht wäre es besser gewesen, Peter. Doch dann wären wir den Gaunern niemals auf die Schliche gekommen. Jetzt stellt sich nur die Frage, was sie als Nächstes vorhaben.« Vorsichtig sah er aus dem Seitenfenster und in die schwach beleuchtete Halle. Hektisch rannten die drei Gangster umher und warfen verschiedene Dinge in einen großen

Koffer. Justus erkannte die blaue Blechkiste von Onkel Titus. »Da, seht euch das an! Die geklaute Kasse meines Onkels. Anscheinend raffen die Verbrecher ihre Beute zusammen. Ich denke, die wollen für immer damit verschwinden.«

Auch seine beiden Freunde standen nun neben ihm und beobachteten die Szene durch das verspiegelte Seitenfenster. In dem großen Koffer landeten mehrere Brieftaschen, Halsketten und andere Wertgegenstände. Bob machte noch eine

Entdeckung. »Auch die rote Handtasche von der Frau mit dem kleinen Hund ist dabei.«

Dann beobachteten sie, wie Victoria wieder ihre große Sonnenbrille aufsetzte und in den Koffer griff. In der Hand hielt sie jetzt ein goldenes Handy und steckte es ein. Peter erkannte es wieder. »Das goldene Handy wurde dem Mann bei Giovanni geklaut. Die Gangster haben mit ihrem Nebeltrick wirklich fette Beute gemacht.« Justus knetete seine Unterlippe. »Aber anscheinend reicht ihnen das nicht. Wir haben ja gehört, dass sie heute noch weitere Nebelüberfälle planen. Sie sprachen außerdem von einer letzten, richtig großen Aktion. Wahrscheinlich wollen sie danach das Land verlassen. Und obendrein gibt es jetzt uns als Zeugen.« Die drei Verbrecher liefen nun mit dem Koffer zum Transporter und stiegen vorn ein. Kurz darauf wurde der Motor angelassen.

Zunächst ging es die lange Straße an den vielen Studiogebäuden entlang. Als sie wenig später den Kreisel erreichten, verzog Peter sein Gesicht. »Hier wollten wir uns eigentlich mit meinem Vater treffen. Der wird sich sicherlich große Sorgen machen, wenn wir nicht pünktlich sind.«

Bob schöpfte wieder Hoffnung. »Richtig. Und dann wird er hoffentlich zur Polizei in Los Angeles gehen. Die werden eine Suchaktion starten.«

»Ich hoffe allerdings, dass es erst gar nicht so weit kommen wird«, sagte Justus. »Wenn wir Glück haben, lassen sie uns nach der letzten, großen Aktion laufen.«

Wie gebannt blickten alle drei durch das Seitenfenster. Sie hatten mittlerweile das Studiogelände verlassen und fuhren zurück in Richtung Rocky Beach. Doch nach einer Weile bog der Transporter plötzlich zum Meer ab. Bob blickte auf ein Hinweisschild an der Straße. »Hier geht es nach Santa Monica. Wahrscheinlich wollen die an den Strand.« Peter nickte. »Und am Strand haben sie auch schon heute Vormittag doppelt zugeschlagen. Kommissar Reynolds hat es uns doch erzählt. Beide Male war der Tatort ein Café.«

Im Schritttempo fuhr nun der Transporter an der Strandpromenade von Santa Monica entlang. Es waren Ferien und der beliebte Badeort war gut besucht. Überall liefen braun gebrannte Menschen in Badeshorts umher oder saßen in den vielen Cafés der Stadt. Bob sah sich um. »Ich war hier einmal mit meinen Eltern. Am Strand gibt es den berühmten Pier von Santa Monica. Das ist ein sehr langer und breiter Holzsteg, der weit ins Meer hinaus gebaut wurde. Dort ist es wie auf einem Jahrmarkt, mit vielen Buden. Sogar eine Achterbahn gibt's und ganz am Ende steht ein Riesenrad. Ob dies das Ziel für den nächsten Überfall ist?«

Lange brauchten sie nicht auf eine Antwort zu warten, denn plötzlich bog der Lieferwagen von der Strandpromenade ab und steuerte genau auf den Pier zu. Der Transporter wurde von einem Mann in Uniform durchgewunken. Peter trat mit dem Fuß gegen die Seitenwand. »Wir müssen irgendwie auf uns aufmerksam machen. Wahrscheinlich denkt der Typ in der Uniform, dass hier

SNACK
POPCO

ein Film gedreht wird, und lässt die Verbrecher einfach durch. Er lässt sich von den Kamera-Aufklebern auf dem Auto in die Irre führen!« Doch das Treten und ihre Rufe halfen nichts, denn von allen Seiten dröhnte laute Musik über den Pier. Im Schneckentempo bahnte sich der Transporter den Weg durch die Menge. Schließlich stoppte der Wagen direkt vor dem Riesenrad. Justus gab seinen beiden Freunden ein Zeichen. »Jetzt wissen wir, wo die zuschlagen wollen. Schnell, wir setzen uns wieder auf den Boden!«

Eier in Milch

Kaum hatten sie sich hingesetzt, wurde auch schon die Heckklappe geöffnet und die drei Gauner stiegen ein. Victoria hatte eine Tasche dabei, zog aus dieser zwei seltsame weiße Anzüge und verteilte sie an ihre Brüder. »Okay, jetzt geht's los. Rein in die Morphsuits und dann starten wir die Nebelmaschine. Schnappt euch alles, was ihr greifen könnt. Handtaschen, Geld, Handys oder teure Brillen. Tastet euch in der Nebelsuppe vorsichtig vorwärts und vertraut eurem sechsten Sinn. Schließlich sind wir ausgebildete Stuntleute. Wie man sich rasch in der Dunkelheit zurechtfindet, haben wir gelernt. Ich bewache solange unsere drei Mini-Spione.« Anschließend streiften ihre beiden Brüder ihre sogenannten Morphsuits über. Dies waren hautenge weiße Ganzkörperanzüge. Selbst die Köpfe verschwanden darin. Danach öffnete Victoria die Heckklappe des Transporters und schaltete die Nebelmaschine an. Zunächst brummte es nur, dann schossen dichte Schwaden aus dem Apparat. Von draußen hörte man laute Stimmen von Menschen, die sich über den plötzlich auftretenden Nebel zu wundern schienen. Chris und Larry warteten noch einen Moment, doch als der Nebel dicht genug war, sprangen sie aus dem Wagen. Innerhalb von Sekunden verschwanden sie in ihren schneeweißen Morphsuits im Nebel. Es war, als würde man zwei weiße Eier in Milch tauchen. Victoria grinste die drei ??? frech an. »Nicht schlecht,

der Trick, oder? Haben wir uns alles selbst ausgedacht. Solche Anzüge werden nämlich tatsächlich beim Film verwendet. Doch da sind sie grün. Durch Computerprogramme kann diese grüne Farbe später im Studio herausgelöscht werden, und die grünen Männchen verschwinden wie von Geisterhand. Damit kann man eine Menge Tricks machen. Ja, so ist die schöne neue Computerwelt beim Film. Ich bin froh, dass wir das hinter uns haben.« Justus nahm seinen ganzen Mut zusammen. »Sie werden bald ein paar Jahre Gefängnis vor sich haben. Jeder Polizist in Amerika wird Ihre Gesichter kennen.« Die Frau sah Justus verächtlich an. »Du bist wohl von der Kinderpolizei, oder was? Niemand wird uns schnappen, denn schon heute Abend sind wir über alle Berge. Es gibt viele Länder, in denen man mit viel Geld ein fantastisches Leben führen kann. Und nun haltet endlich die Klappe!«

Immer noch quoll Nebel aus der Fogger 3000 und auch im Inneren des Transporters konnte man kaum noch etwas sehen. Nach etwa zwei Minuten kamen die Männer zurück. Hektisch öffneten sie die Reißverschlüsse der Anzüge und ihre Köpfe waren wieder zu sehen. Atemlos zeigten sie ihrer Schwester die Beute. »Hier, guck dir das an!«, keuchte der bärtige Chris. »Handtaschen, Handys und eine goldene Uhr. Larry hat sogar in die Kasse beim Riesenrad gegriffen.« Dieser zeigte seiner Schwester ein Bündel Geldscheine. »So viel Beute haben wir noch nie gemacht. War ganz einfach. Und die Leute haben rumgequiekt wie kleine Kinder. Einen hörte ich sogar was erzählen von seltenen Fallwinden aus den Bergen. Sollen die das nur glauben. Aber jetzt müssen wir uns beeilen. Nebelmaschine aus, Klappe zu und dann nichts wie weg und auf zum Finale!«

Sofort, als die Tür des Transporters zugeschlagen wurde, sprangen die drei ??? auf und blickten aus dem Seitenfenster. Draußen hatte sich der Nebel schon etwas aufgelöst und schemenhaft konnte man die ersten Menschen erkennen. Doch anscheinend ahnte noch niemand, dass viele von ihnen bestohlen worden waren. Der Motor startete und es ging langsam zurück über den Pier. Wieder versuchte Peter auf sich aufmerksam zu machen und trat mit aller Kraft gegen die Blechwand. Doch wie zuvor war es vergebens. »Unglaublich«, stöhnte er. »Wir waren direkt bei einem Nebelüberfall dabei und konnten nichts tun. Ich fühle mich fast selbst schon wie ein Gangster.« Bob schüttelte den Kopf. »Unsinn, wir sind nur gefesselte Zeugen. Ich hoffe, wir werden bald freigelassen.«

»Das glaube ich nicht«, enttäuschte ihn Justus. »Diese Victoria hatte doch etwas von einem Finale erzählt. Ich bin gespannt, wo das stattfindet.«

Entfesselungskünstler

Der Transporter hatte mittlerweile wieder die Strandpromenade erreicht und wenig später ließen sie die Stadt hinter sich. Ganz in der Ferne sah man das Riesenrad am Pier von Santa Monica. Im Lieferwagen war es unerträglich heiß und die drei sanken erschöpft auf den Boden. Immer wieder versuchte Peter, sich von den stabilen Klebebandfesseln zu befreien. »So ein Mist«, schimpfte er. »Da muss es doch irgendeinen Trick geben. Mir tun schon die Handgelenke weh.« Plötzlich hatte er eine Idee. »Moment, ich habe neulich etwas über einen Entfesselungskünstler gelesen. Der hatte tatsächlich einen Trick, um sich aus solchen Situationen zu befreien. Er nahm nämlich seine Schnürsenkel zu Hilfe.« Bob lief der Schweiß übers Gesicht. »Seine Schnürsenkel? Mir würde eine einfache Schere reichen.«

Doch Peter ließ sich nicht davon abbringen und versuchte, mit seinen frei beweglichen Fingern einen seiner Schnürsenkel aufzuknoten. »Seht her: Ich verbinde jetzt den Schnürsenkel mit dem anderen Schuh. Die Schnur läuft zwischen meinen gefesselten Händen hindurch. Und wenn ich jetzt meine Füße hin- und herbewege, dann sollte mit etwas Glück die straff gespannte Schnur das Klebeband wie eine Säge durchschneiden.«

Justus sah seinem Freund erstaunt zu. »Ich werde verrückt, das kann tatsächlich funktionieren. Die Schnur erzeugt bei der Reibung Hitze, und diese Hitze schmilzt das Plastikband durch.« Auch Bob war beeindruckt. »Wenn das klappt, dann darfst du mich Bobby nennen.«

Immer wieder ließ Peter geduldig den Schnürsenkel durch das Klebeband fahren. »Seht ihr? Meine Fesseln sind schon halb durch.

Und durch die Reibung wird es so warm, dass man aufpassen muss, sich nicht zu verbrennen.«

Dann endlich hatte er es geschafft und seine Hände waren befreit. Bob versuchte zu klatschen, was ihm aber natürlich nicht gelang. »Du bist nicht nur unser Türschlossexperte, sondern auch ein grandioser Entfesselungskünstler!« Peter grinste ihn an. »Danke, Bobby.«

Anschließend machte er sich daran, mit demselben Trick seine beiden Freunde zu befreien. Doch diesmal nahm er den Schnürsenkel dafür in beide Hände. Justus rieb sich die Handgelenke und stand auf. »Sehr gut! Jetzt sind wir den Verbrechern wieder einen Schritt voraus.« Neugierig schaute er aus dem Seitenfenster. »Wenn mich nicht alles täuscht, dann befinden wir uns auf unserer Küstenstraße.« Bob stand nun auch neben ihm. »Du meinst tatsächlich, die wollen noch mal nach Rocky Beach?«

»Warum nicht? Verbrecher kommen oft an ihren Tatort zurück. Und immerhin haben die bei uns in der Stadt fette Beute gemacht. Doch diesmal wollen sie bestimmt mehr als nur Handtaschen und Handys klauen. Wir können nichts anderes tun, als zu warten.«

Justus hatte recht mit seiner Vermutung. Nach einer halben Stunde erblickten sie das Ortsschild von Rocky Beach. Der weiße Lieferwagen fuhr direkt zum Marktplatz. Peter konnte es nicht fassen. »Wollen die etwa Mr Porter ausrauben?« Bob schüttelte den Kopf. »Nein, ich denke, die haben etwas Größeres im Sinn. Vielleicht die Bank neben Giovannis Eiscafé? Was meinst du, Just?«

»Eine Bank hat meiner Meinung nach viel zu viele Sicherheitsvorkehrungen. Mit ein bisschen Nebel werden die da nicht weit kommen. Die drei dürften etwas anderes vorhaben.«

Langsam rollte der Lieferwagen über den Marktplatz und dann vorbei am Brunnen. Viel war bei der Hitze nicht los und nur wenige Menschen waren zu sehen. In der Nähe von Porters Laden kam der Transporter zum Stehen.

»Jetzt weiß ich, was die planen«, rief Bob plötzlich. »Seht nur, wir halten direkt vor dem Juweliergeschäft von Mr Tiffman. Die haben es auf Gold, Schmuck und Diamanten abgesehen. Das ist also ihre letzte, richtig große Aktion. Die wollen noch einmal fette Beute machen.«

»Genauso wird es sein«, flüsterte Justus. »Doch jetzt dürfen wir keinen Fehler machen. Die drei werden gleich die Heckklappe öffnen und hereinkommen. Schnell, wir setzen uns wieder auf den Boden. Und haltet eure Hände so, dass man nicht sieht, dass wir die Fesseln gelöst haben.«

Kaum hatten sich die Freunde hingesetzt, wurde die Tür aufgerissen. Grinsend steckte der bärtige Chris seinen Kopf herein. »Na, ganz schön heiß hier drin, oder? Besser als in jeder Sauna. Selbst schuld, was mischt ihr euch auch in Dinge ein, die euch nichts angehen.« Kurz darauf standen die kriminellen Geschwister im Lieferwagen. Wieder gab Victoria Chris und Larry Anweisungen. »Wir machen alles wie besprochen. Ihr zieht euch die

Morphsuits an und räumt das Juweliergeschäft aus. Achtet darauf, dass die große Ladentür weit offen steht, damit sich der Nebel im Geschäft verteilen kann. Wir wollen ja nicht gesehen werden.«

»Alles klar, Schwesterherz«, sagte Larry und setzte seine Baseballkappe ab. »Du passt wieder auf, dass die Nervensägen keinen Ärger machen.« Dann wandte er sich an die drei ???. »Ihr macht auch kein Ärger, oder? Sonst müssen wir euch mit dem Klebeband auch noch die Münder zukleben.« Justus schüttelte den Kopf und tat so, als ob er weinen müsste. »Nein, bitte nicht. Wir sind ganz still und machen alles, was Sie sagen.« Chris musste laut loslachen. »Sehr gut, Larry. Du weißt, wie man mit solchen Kindern umgeht. Hart und ungerecht. Wie unsere Eltern damals.«

Ihre Schwester warf den beiden jetzt die Morphsuits zu. »Hört endlich auf zu quatschen und zieht euch die Dinger an. Ich kümmere mich um die Nebelmaschine. Diesmal werde ich unsere Fogger 3000 auf Volldampf einstellen. Wir müssen so viel

Nebel wie möglich erzeugen, denn niemand soll uns sehen, wie wir den Laden ausräumen.« Larry hatte sich bereits in den hautengen Anzug gezwängt. »Alles klar, Victoria. Und vergiss nicht, zwischendurch das Nebelfluid nachzufüllen. Wir haben ja genug Kanister dabei. Bei voller Leistung verbraucht die Nebelmaschine einiges von dem grünen Zeug.«

Juwelendiebe

Schließlich waren alle so weit. Die Frau schaltete den Apparat an. Sowie der erste Nebel zischend herausquoll, öffneten ihre Brüder die Heckklappe des Transporters. Wieder war innerhalb von Sekunden alles eingenebelt. Und zwar so stark, dass man auch im Inneren des Lieferwagens nicht die Hand vor Augen sehen konnte. Nur die Stimme von Victoria war jetzt noch zu hören. »Und nun los, ihr beiden! Schnappt euch alles, was ihr kriegen könnt. Ich fülle jetzt den Tank mit dem Nebelfluid auf.« Das Öffnen eines Schraubverschlusses war zu hören und Flüssigkeit plätscherte auf den Boden. »Mist, ich sehe nichts. Alles geht daneben«, fluchte die Frau. Laut zischend produzierte die Fogger 3000 immer mehr Nebel. Justus packte seine beiden Freunde an den Schultern. »Lasst uns verschwinden«, flüsterte er. »Sie ist beschäftigt und im Nebel kann sie uns nicht sehen.«

»Sehr gut«, antwortete Bob genauso leise.

»Jetzt schlagen wir die Gangster mit ihren eigenen Waffen. Wir machen uns unsichtbar.«

»Lasst mich hier nicht allein«, flüsterte Peter. »Am besten halten wir uns an den Händen fest.«

Leise standen die drei auf und tasteten sich an der Seitenwand des Lieferwagens entlang. Die Frau war immer noch dabei, die Nebelmaschine zu befüllen. Dann hatten es die drei endlich geschafft: Sie standen wieder draußen in Freiheit, konnten jedoch immer noch nichts sehen.

»Dort hinten höre ich den Brunnen plätschern«, sagte Bob leise. »In die Richtung gehen wir, denn irgendwann muss diese Nebelsuppe ja aufhören.« Aus dem Juweliergeschäft hörte man das Splittern von Glasvitrinen.

»Was ... was ist hier los?«, krächzte Mr Tiffman verzweifelt. »Wer ist hier? Wieso sehe ich nichts? Wo kommt der ganze Nebel her? Und wo bleibt die Polizei? Ich kann mein Telefon nicht finden.«

Die drei ??? hatten mittlerweile den Brunnen erreicht und der Nebel war hier nicht mehr so stark. Peter stand die Angst noch ins Gesicht geschrieben. »Just, was machen wir jetzt?«

Dieser hatte plötzlich eine Idee. »Kommt schnell zu Porter. Ich weiß jetzt, wie wir den Nebel verschwinden lassen können.« Ohne seinen Plan weiter zu erklären, lief Justus los und rannte Porter fast in die Arme. Dieser stand irritiert vor seinem Geschäft und betrachtete die Nebelwand vor sich. »Was ... was geschieht hier?«, stotterte der Kaufmann.

»Das werde ich Ihnen gleich erklären«, rief Justus. »Wir benötigen aber zuvor ganz schnell Ihre neue Windmaschine!«

»Meine Windmaschine? Äh, warum? Sie steht direkt neben dem Eingang.« Peter und Bob ahnten jetzt, was ihr Freund vorhatte. Ohne Mr Porter weiter aufzuklären, schnappten sie sich die Windmaschine und schoben sie in Richtung der Nebelwand. »Sie bekommen Ihren Apparat gleich wieder!«, rief ihm Justus zu.

Peter kannte sich mit der Maschine aus und betätigte einige Knöpfe. »Deine Idee ist genial, Just. Die Windmaschine wird den Nebel schneller wegpusten, als er gekommen ist.«

Und genau so geschah es. Laut dröhnend setzte sich der große Ventilator in Gang. Wie weiße Wattewolken zerstob der Nebel in alle Richtungen und man hatte freien Blick auf das Juweliergeschäft. Auch der Transporter der Gangster war jetzt wieder zu sehen. Erschrocken steckte Victoria den Kopf aus dem Wagen.

»Los, wir schieben die Windmaschine noch näher heran«, rief Justus gegen den Lärm an.

Die Nebelfetzen verteilten sich jetzt über den ganzen Marktplatz. Larry und Chris schienen nun ebenfalls bemerkt zu haben, dass ihre Tarnung aufgeflogen war. Verwirrt standen sie in ihren Morphsuits vor dem Juweliergeschäft. Jeder der beiden hielt einen weißen, prall gefüllten Sack in der Hand. Erst jetzt begriff Victoria, was geschehen war. »So ein Mist«, rief sie laut und ließ den Kanister fallen. »Die Gören haben uns reingelegt. Chris! Larry! Wir müssen verschwinden. Und zwar so schnell wie möglich. Los, rein in den Wagen und dann bloß weg hier!«

Ihre beiden Brüder zögerten nicht einen Moment und sprangen panisch in den Transporter. Sekunden später raste der weiße Lieferwagen davon.

Jetzt stand auch Mr Tiffman ratlos vor seinem Geschäft. »Ich ... ich verstehe das alles nicht. Man hat mich ... ausgeraubt. Und das am helllichten Tage.« Peter schaltete die Windmaschine wieder ab und Justus lief zum Juwelier. »Mr Tiffman, die Nebelgangster haben bei Ihnen zugeschlagen. Sie müssen jetzt schnell die Polizei informieren.«

Doch dies war nicht mehr nötig, denn in diesem

Moment kam Kommissar Reynolds über den Platz gerannt. In der Hand hielt er eine zusammengesteckte Angel. »Was ist denn nun schon wieder los?«, schnaufte der Polizist und rang nach Luft. »Ich komme gerade vom Angeln zurück und wollte nur noch einmal kurz im Büro nachsehen. Gönnt mir denn niemand meinen Urlaub?«

Die drei ??? liefen auf ihn zu und Justus klärte Reynolds über die Geschehnisse auf. Vor Schreck ließ der Kommissar seine Angel fallen. »Das darf doch alles nicht wahr sein. Wir haben es mit Diebstahl, Raub und Entführung zu tun. Wenn wir nicht schnell reagieren, dann sind die Täter über alle Berge. Ich werde einen Hubschrauber anfordern. Nein, am besten gleich drei.«

Peter schien etwas entdeckt zu haben und blickte auf den Boden. »Warten Sie noch mit den Hubschraubern, Kommissar Reynolds. Ich glaube, wir haben etwas viel Besseres.« Bob sah seinen Freund verwundert an. »Etwas Besseres als einen Hubschrauber?«

»Ja, denn wir haben eine heiße Spur. Sie ist zwar nicht richtig heiß, aber dafür grün.« Jetzt bemerkte auch Justus Peters Entdeckung. »Seht euch das mal an!«, jubelte er. »Besser geht's wirklich nicht. Hier! Aus dem Transporter ist das grüne Nebelfluid getropft. Diese Victoria hatte ja die Hälfte verschüttet. Jetzt brauchen wir der Spur nur noch zu folgen, ganz einfach.«

Nur Kommissar Reynolds begriff zunächst nicht, was vor sich ging. »Grünes Nebelzeug? Eine Spur? Wovon redet ihr?« Es brauchte ein paar Erklärungen, doch dann verstand der Kommissar. »Das ist ja ganz wunderbar«, strahlte er. »Die Gauner legen extra für uns eine Spur. Genau wie bei Hänsel und Gretel im Märchen. Wartet hier. Ich komme gleich mit meinem Dienstwagen zurück und dann schnappen wir uns die Gangster.«

Nun kam auch Mr Tiffman näher. »Ich begreife immer noch nicht, was vorgefallen ist. Aber wenn ihr mir meinen Schmuck zurückbringt, dann springt eine Belohnung für euch raus.« Justus schüttelte

den Kopf. »Danke, Mr Tiffman. Aber wir machen das nicht für Geld, sondern für die Gerechtigkeit.«
Auch Porter stand nun bei ihnen. »Geld? Gerechtigkeit? Bei mir ist es genau umgekehrt. Kann ich jetzt endlich meine Windmaschine wieder mitnehmen? Der Rest interessiert mich nicht.«

Rabraxus' Rache

In diesem Moment jagte Kommissar Reynolds mit seinem Dienstwagen über den Marktplatz. Er hatte Blaulicht und Sirene eingeschaltet. »Jungs, schnell alles einsteigen!« Sofort setzten sich die drei Freunde in den Wagen und Peter kurbelte die Scheibe herunter. »Fahren Sie bitte nicht zu schnell, Kommissar, sonst können wir die grünen Flecken auf der Straße nicht erkennen.«

»Alles klar, Peter. Ich werde langsam fahren. Wohin führt die Spur?« Auch Bob sah jetzt aus dem Fenster. »Die Spuren führen zur Palm Street. Es geht anscheinend stadtauswärts.« Justus knetete nervös seine Unterlippe. »Wir können nur hoffen, dass die grüne Flüssigkeit bei der Hitze nicht allzu schnell wegtrocknet. Dann würde unsere Spur ins Nichts führen.«

Doch sie hatten Glück, denn in regelmäßigen Abständen fanden sich grüne Flecken auf der Straße. Mittlerweile hatten sie die Stadt verlassen und fuhren die Küstenstraße entlang. Der Kommissar hatte in der Zwischenzeit über Funk Verstärkung angefordert. »Die Gauner entkommen uns nicht. Ich habe alle Straßen absperren lassen.«

Reynolds fuhr mittlerweile etwas schneller und die drei ??? suchten stetig die Straße nach den grünen Flecken ab. Nach einigen Kilometern wurde Justus nervös. »So ein Mist, die Spuren scheinen tatsächlich getrocknet zu sein. Seht ihr noch welche?« Bob schüttelte den Kopf. »Nein. Entweder sind sie vertrocknet oder wir haben irgendwo eine Abfahrt verpasst.« Peter drehte sich um. »Dort drüben ging es zum kleinen Fischereihafen. Vielleicht sind sie dorthin gefahren?« Der Kommissar wendete den Wagen und fuhr zurück. »Nun seht euch das an! Peter hat recht. Die grünen Spuren führen tatsächlich runter zum Hafen. Perfekt, das ist eine Sackgasse.« Dann schaltete der Polizist die Sirene aus und ließ den Wagen langsam die schmale Straße hinabrollen.

Immer deutlicher konnten sie das Kreischen der hungrigen Möwen hören, und schließlich blickten alle auf das Hafengelände. Der alte Fischer vom Vortag war gerade dabei, mit seinem Boot anzulegen. Verwundert blickte er auf den Polizeiwagen. Justus tippte Kommissar Reynolds von hinten auf die Schulter. »Halten Sie kurz an! Vielleicht hat der Fischer irgendetwas gesehen, was uns weiterhelfen könnte.«

Anschließend stiegen die drei ??? aus dem Wagen und rannten zu dem bärtigen Mann. Dieser ließ vor Schreck seine Pfeife fallen. »Jungs, nichts für ungut. Ich erzähle gern solche kleinen Lügengeschichten von Käpt'n Rabraxus. Aber deshalb braucht ihr mir nicht gleich die Polizei auf den Hals zu hetzen.« Justus schnitt ihm das Wort ab. »Darum geht es nicht. Haben Sie hier im Hafengelände einen weißen Lieferwagen gesehen?« Der Fischer atmete erleichtert auf. »Nur darum geht es? Dann bin ich ja beruhigt. Aber ich bin eben gerade erst angekommen und habe nichts gesehen. Tut mir leid. Aber wenn ihr einen schönen Fisch kaufen wollt, dann hätte ich da was für euch.«

»Danke, aber das machen wir beim nächsten Mal.«

Etwas enttäuscht gingen die drei Detektive wieder zurück zum Polizeiwagen. Auch Kommissar Reynolds war mittlerweile ausgestiegen. »Jungs, kommt hierher! Diesmal habe ich etwas entdeckt. Die grünen Spuren führen zu dem großen Blechschuppen dort vorn. Mir nach!«

Dicht an dicht sah man jetzt die grünen Flecken

auf dem Kopfsteinpflaster des Hafengeländes. Peter schaute sich beunruhigt um. »Das bedeutet, dass der Transporter hier sehr langsam gefahren sein muss.«

Vor dem Schiebetor der Halle fanden sie schließlich einen großen Fleck. Der Kommissar hatte aus seinem Wagen die Dienstmütze mitgenommen und setzte sie sich auf den Kopf. »Okay, Jungs. Ihr bleibt dicht hinter mir – keine Alleingänge, verstanden? Die Verstärkung kommt gleich. Über

Funk habe ich sie angefordert.« Entschlossen zog er die Schiebetür auf und der Geruch von faulen Fischen strömte ihnen entgegen. Erst langsam gewöhnten sich ihre Augen an das schummrige Licht in der Halle. Hier bewahrten die Fischer ihre Netze auf. Alles war vollgestellt mit alten Booten, großen Plastikcontainern und Bergen an Tauwerk.

»Ist hier jemand?«, rief der Kommissar mit lauter Stimme. Doch niemand antwortete.

Der Polizist wagte sich weiter in die Halle hinein. Ganz am Ende stand, mit offenen Türen und offener Heckklappe, der weiße Transporter.

»Volltreffer!«, flüsterte Bob und ballte die Faust.

Doch schnell wurde allen klar, dass die Jagd nach den Gangstern noch nicht beendet war. Der Lieferwagen war leer.

»Ich wette, die haben sich irgendwo in der Halle versteckt«, vermutete Kommissar Reynolds. »Und Verstecke gibt es hier ja leider genügend. Die Gangster könnten überall sein. Wir werden jeden Winkel durchsuchen müssen.«

Justus knetete seine Unterlippe und hatte plötzlich eine Idee. »Kommissar Reynolds, Sie hatten doch gestern alle Namen, Adressen und Telefonnummern von den geschädigten Personen bei Giovannis Eiscafé aufgeschrieben, oder?«

»Ja, das habe ich. Die Liste liegt in meinem Büro. Aber was bringt uns das?«

»Bitte rufen Sie dort kurz an und lassen Sie sich die Telefonnummer von dem Mann geben, dem das goldene Handy gestohlen wurde. Für Fragen ist jetzt keine Zeit.« Der Kommissar sah Justus verwundert an und besorgte dann aber die Handynummer. »Und nun? Was machen wir damit?«

»Wählen Sie jetzt bitte die Nummer mit Ihrem Handy. Denn wenn wir Glück haben, trägt diese Victoria das geklaute goldene Handy bei sich.« Peter war begeistert. »Cool, Just. Das ist der beste Plan der Welt.«

Kaum hatte der Kommissar die Nummer gewählt, hörten sie ganz in der Nähe einen Klingelton. Bob sah sich um. »Da! Das kommt aus dem rostigen Rettungsboot dort vorn. Und unter der Plane bewegt sich jetzt auch was.«

Der Kommissar begann breit zu grinsen. »Nicht schlecht, der Trick. Jetzt haben wir die Gauner.« In der Ferne hörte man, wie sich mit lauten Sirenen weitere Polizeifahrzeuge näherten. Kommissar

Reynolds stellte sich direkt vor das Rettungsboot und sprach mit lauter Stimme: »Rauskommen, und zwar sofort! Sie sind alle verhaftet. Jeder Widerstand ist zwecklos.«

Jetzt ging alles sehr schnell: Polizisten stürmten in die Halle und die drei Gangster erhoben sich mit gesenkten Köpfen aus dem Rettungsboot. Einem nach dem anderen legte man Handschellen an und die Gangster wurden abgeführt. Victoria warf den drei Freunden einen verächtlichen Blick zu. »So ein Mist. Wir sind von drei blöden Gören reingelegt worden.« Bob rief zurück: »Wer von uns blöd ist, darüber können Sie ja eine Weile im Gefängnis nachdenken.«

Die Polizeibeamten durchsuchten den Lieferwagen und fanden im Koffer die komplette Beute von den Überfällen. Auch Onkel Titus' blaue Kasse war dabei. Justus atmete erleichtert auf. »Jetzt ist der Fall endgültig gelöst. Und vielleicht ist an der Geschichte von der Rache des Käpt'n Rabraxus doch etwas dran.« Peter sah seinen Freund ver-

wundert an. »Wieso? Für uns ist die Geschichte doch gut ausgegangen?«

»Für uns schon. Für die drei Gangster eher nicht.«

Alle mussten so laut lachen, dass die Möwen auf dem Dach vor Schreck Reißaus nahmen.

ULF BLANCK ist 1962 in Hamburg geboren und lebt dort südlich der Elbe mit seiner Familie. Er schreibt seit dem Start für Die drei ??? Kids und produziert auch die Hörspiele. Nach dem Architekturstudium arbeitete er viele Jahre als Redakteur beim Radio. Außer Kinderbüchern schreibt Ulf Blanck auch Drehbücher und Theaterstücke. Geschichten zu erzählen, die er als Kind gern gelesen hätte, spornt ihn an. Die ehrenamtliche Mitarbeit in Kinder-Ferienzeltlagern hilft ihm bei seinem Wunsch, zehn Jahre alt zu bleiben. Seine Hosentaschen sind vollgestopft mit Dingen, die er auf der Straße aufgesammelt hat und die zu nichts zu gebrauchen sind, außer für schöne Geschichten. Mehr über Ulf Blanck findest du unter **ulfblanck.de**

UDO SMIALKOWSKI wurde vor langer, langer Zeit in Niedersachsen geboren. Er zeichnet seit seinem fünften Lebensjahr, aber erst nach vielen anderen Tätigkeiten als Elektriker, Soldat, Verkäufer und Student, findet er zu dem Beruf, den er am allerliebsten mag – Comiczeichner und Illustrator. Er schreibt seine Geschichten selbst, oder mit einem Freund zusammen und wandelt auch schon mal ein Buch in ein Comicscript um. Mehr über Udo Smialkowski findest du unter **illuzilla.de**

Die drei ??? Kids

Ihre großen Fälle!

- ☐ Panik im Paradies
- ☐ Radio Rocky Beach
- ☐ Invasion der Fliegen
- ☐ Chaos vor der Kamera
- ☐ Flucht in die Zukunft
- ☐ Gefahr im Gruselgarten
- ☐ Gruft der Piraten
- ☐ Nacht unter Wölfen
- ☐ SOS über den Wolken
- ☐ Spuk in Rocky Beach
- ☐ Fußball-Alarm
- ☐ Fußballgötter
- ☐ Falsche Fußballfreunde
- ☐ Tatort Kletterpark
- ☐ Der Weihnachtsdieb
- ☐ Fußballhelden
- ☐ Gespensterjagd
- ☐ Alarm im Dinopark
- ☐ Der goldene Drache
- ☐ Chaos im Dunkeln
- ☐ Aufbruch ins All
- ☐ Tatort Trampolin
- ☐ Die Laser-Falle
- ☐ Surfstrand in Gefahr
- ☐ Das Schienen-Monster
- ☐ Der Fußball-Roboter
- ☐ Blinde Passagiere
- ☐ Musikdiebe
- ☐ Schrottplatz in Gefahr
- ☐ Achtung, Abenteuer
- ☐ Gefährlicher Nebel
- ☐ Turbo-Rennen
- ☐ Die Delfin-Piraten
- ☐ Fußball-Diebe
- ☐ Tatort Skater-Park
- ☐ Falscher Alarm
- ☐ Riesen in Rocky Beach
- ☐ Das Geisterspiel
- ☐ Schatz aus dem All
- ☐ Im Geistergarten
- ☐ Flug ins Nichts
- ☐ Gefahr im Spiegelkabinett

Weitere Bände der Reihe sind als E-Book erhältlich.

ab €/D 9,–

kosmos.de/die_drei_fragezeichen

Preisänderung vorbehalten

STECKBRIEF
Name:
Justus Jonas
Alter:
10 Jahre
Adresse:
Rocky Beach, USA
was ich mag:
essen, lesen, unbeantwortete
Fragen + Rätsel aller Art, Schrott
was ich nicht mag:
wenn ich Pummelchen genannt
werde, für Tante Mathilda auf
was ich mal werden will:
Kriminologe
Kennzeichen:
das weiße Fragezeichen
was ich mag:
schwimmen
Justus und
was ich nicht mag:
für Tante
räumen,
was ich mal werden
100 Jahre alt
Kennzeichen:
blaues